不知火おとめ

石牟礼道子

若き日の作品集 1945-1947

藤原書店

手作りのもんぺを着て
（1944 年　17 歳の頃）

実務学校１年
（1940 年　13 歳の頃。右から２人目）

実務学校卒業直後、手作りのブラウスを着て
（1943 年　16 歳の頃。中央）

代用教員時代
（1943 年　16 歳の頃。右から２人目）

1947 年　20 歳の頃

長男・道生と
（1949 年　22 歳の頃）

長男・道生と
（1948 年　21 歳の頃）

夫・弘、長男・道生と
（1952 年　25 歳の頃）

左から時計回りに夫・弘の父、道子、母・はるの、弟・勝巳（後ろ）、一人おいて、亡弟・一、弘、弟・満、父・亀太郎、長男・道生

不知火おとめ　目次

Ⅳ

Ⅴ

画・石牟礼道子

不知火おとめ

若き日の作品集 1945–1947

凡例

一、原則として、原文の旧漢字・旧仮名は、新漢字・新仮名にあらためた。但し、歌は新漢字・旧仮名とした。

一、明らかな誤字は修正し、正誤の判断が難しいものは「ママ」とルビをつけた。

I

「不知火をとめ」「ひとりごと」は、二〇一三年秋に取り壊された熊本県水俣市の石牟礼道子旧宅から移した資料の中から、渡辺京二氏により発見された。いずれも四〇〇字詰め原稿用紙が和綴じにされており、「ひとりごと」は昭和二十一年十二月十一日から昭和二十二年七月二十日にごく短い詩や文章を書き付けたもの。「不知火をとめ」は、最後に昭和二十二年七月三日と記載されている。これは初の小説とされてきた「舟曳き唄」より一二年早く、石牟礼道子の小説第一作となる。（編集部）

不知火をとめ

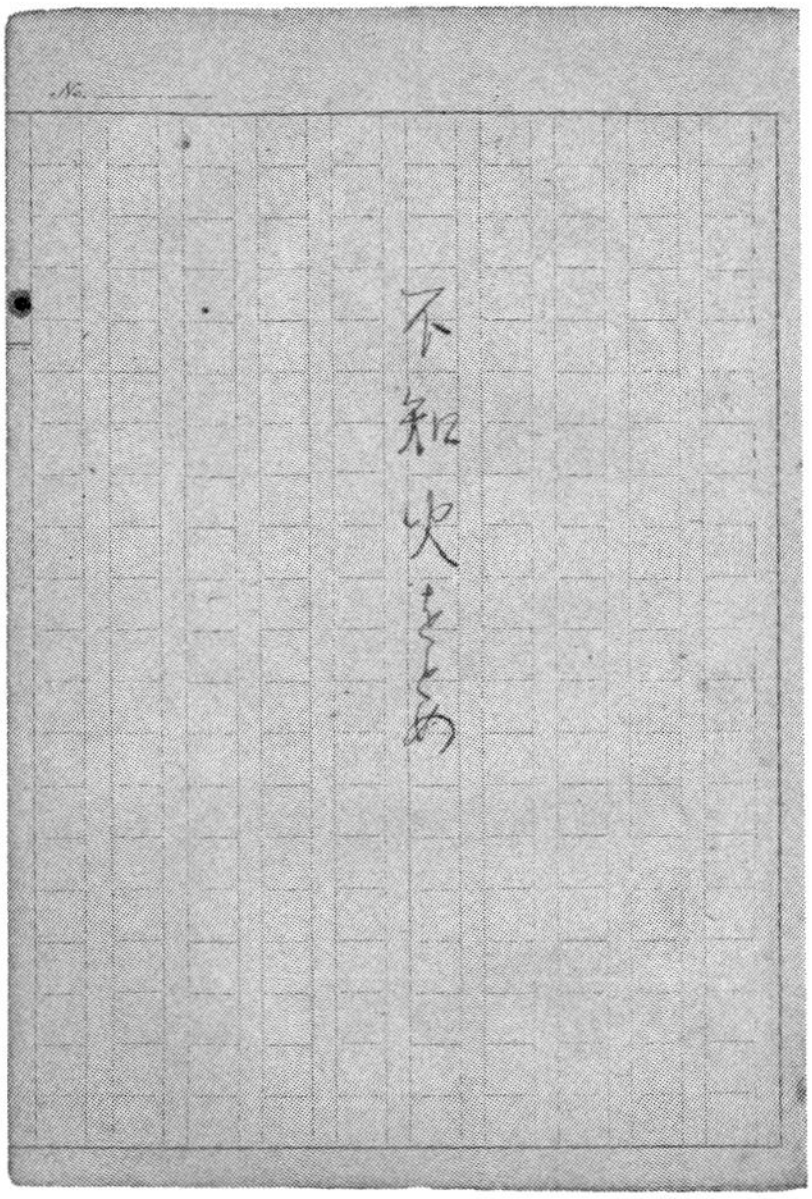

1947.7.3

姓名判断、
運命鑑定
數理哲学
と、やせた肉筆のかすれた、かんばんらしいのが
半ば破れて、風から壽命をささやかれてゐた。
(數理哲学って、哲学のかんばん!!)
そんなものもカンパンになるのか、しらと道子は
思ひながら のぞいて見た。 —
うらぶれた白いマフラーと、いかにも、それ

者らしく思はせる黒つぽい羽織――。

それが目に這入ると、いきなり中から声がかゝつた。

「ねえちやん這入つて見ないかい。おもしろいよ中から、かうして見てゐるといろんなひとが通るよ、何をためらふことがあるもんか、世の中の事がおもしろくわかるぜ――

　おい、はいれよ。

ホウ！　お上手いふこと、いもねえちやんは嫌だと、つぶやきをひそめて、云はれるまゝに彼女はすつと中に這入つた。

バラック――。二間半四方ぐらゐと思はれる。板囲

姓名判断
運命鑑定
数理哲学
と、やせた肉筆のかすれた、看板らしいのが、半ば破れて、風から寿命をさゝやかれていた。

(数理哲学？　哲学の看板？)

そんなものも看板になるのかしらと、道子は思い乍らのぞいて見た。

うらぶれた白いマフラーと、いかにも、それ者らしく思わせる黒っぽい羽織――。

それが目に這入ると、いきなり中から声がかかった。

「ねえちゃん這入って見ないかい。おもしろいよ、中から、こうして見ているといろんなひとが通るよ、何をためらうことがあるもんか、世の中の事がおもしろくわかるぜ――。おい、はいれよ。」

ホウ！　お上手ですこと、でもねえちゃんは嫌だと、つぶやきをひそめて、云われるまゝに彼女はすっと中に這入った。バラック――、二間半四方ぐらいと思われる。板囲みの中に、腰掛けも机兼らしい店台も皆板で真新しい。後の壁を二、三枚はずしてそこから、埋立のとなりに寺が見えた。両隣に続く同じ屋台店が一列に並んで、そのざわめきが微かに伝わってくる。

「ほんとにおもしろいでしょうね。運命、わかるんですか。私にも見て下さい。」

「見てあげるよ。それそこに、小さいノートに君の名前と、それから生年月日を書くんだよ。だがまあ然し其処に立ってなくったって、こゝへ腰かけて外をながめていてごらんよ。いろんなやつが通るよ。」

何やら白い本やら、手あかのついた薄っぺらな帳面やらを側らへ押しやって、目鏡《ママ》の顔は道子に腰を向けた。整った、うすい顔が心易げに笑いかける。

「生年月日って、戸籍上のですか。それとも――、」

「あゝ、それでよろしい。」

「何だか覚付かない話ですね。」

ちらと目をひねらせて笑いながら、それでも素直に――草村道子、昭二・六・三――と差し出すと、癖になったような手付きで目鏡にチョッとふれる。

「さて、道ちゃんはですね――、」

何だいなれ〳〵しく道ちゃんだなんて――。少々反撥が沸いて来ないでもないのを感じながら、道子は目鏡や赤いくちびるやらを直視した。

「フーン、道ちゃんも」

も――に何となく意味を付け足すようなアクセントで、

「せっかくの力量を惜しいひとだね」

パラパラと易典と書いてある本をめくって目鏡が道子の目をのぞき上げる。妙に誘惑的な目の色だなと道子は思いながら黙って笑い返す……。ぽつりと、

「なぜです」

「さあそこが云わんとする運命だよ、運命がそうさせるんだよ。」

「どんな運命が……」

きみは何とかの相といって、とそこで易の用語らしいのを使って、

「……人に優れた才能をさずけられて此の世に出て来たんだが、君がどんなに出世しようと思ったって、周囲のひとびとがそれをさせないように出来ているんだよ。」

「出世？　出世しようなんて思いません。」

ほとんど突っ返すような調子の声が道子の口をついて出た。

「なに？　出世しようと思わない？　馬鹿なことを云えよ。うそだよそんな事を云うのは。君は出世の字源を知ってるか。なにも世に出るというのが出世ではないよきみ。生まれて来たことも出世には違いないが、……」

「それは出生だとおっしゃるんでしょう」

「そうだよ。とにかくね出世したくないと君は今云ったが……」

「あゝ、わかりました……。次に進んで下さい！」。

道子の背後にひそむすべての欲求が、大写しに嘲笑を浮かべて通り過ぎた。――（あたしに反抗して見ただけなんだ、無駄を知らされるだけの反抗を……）

「いゝえ唯、出世という云い方がちょっとぴったり来なかったので……」

「そうだよ、出世したくないなんて思うものは一人もない筈だよ。」

問題の中心が稍々はずれかけた、と思ったのは彼女だけで、まあ黙って聞けよと無雑作に、慣れ切っ

たもので、目鏡は、鑑定談を自分自身でひとこと〳〵肯定せざるを得ないという風に、進めて行った。道っちゃんは、道っちゃんがネ……と親しさを強めるつもりか、それを必ず言葉の中に織り交ぜた。彼女は耳なれない易の術語に余り親しみきれなかったので、その道っちゃんというひゞきの折にのみ、疑惑と、憎悪と甘ったるい感触のくすぐる胸を動かすのみで、往来を誰か、知ったものが通りやしないかしら。この小屋折角のことに戸を立てりゃあいゝのに、まるで往来から丸見えでは、誰かに見つかりゃあしないいか。机の上なる二、三の書物やらパンフレットが、運命鑑定の看板の全部の中身かしら。一体何日かゝればこれ〳〵を覚えてしまうものか、なぞと、よそ事を考えていたのだが――きみ、きみのお母さん、きみが九歳以前になくなっただろう――といかにも自信あり気な声がしたので、彼女は少々おどろいた。

「まあ！　いゝえ」

意識して極く静かに答えた。目鏡の顔が折角つくった厳粛そうな表情が、わたしの視線の前でこわれねばいゝがと、道子は同情のつもりで瞼を伏せて微笑を噛みころした。

「……オヤ、そうか、フーム、だが然しそれは結構な事だ。君のような姓名のひとはとかく、そんな悲境におちいりやすい運命を持っているんだがねえ。ウンマアそのうちきみは運のいゝ方の人だよ。だがねえ君は……。きっと近いうちに別離の悲哀を切実に感じるときが来るぞ。」

「別れって？　一体どちらが別れるんです。」（私が死ぬの、それとも母か父かの方から別れてゆくの）

思いなしか嘲笑的になろうとする表情を丸っこくカムフラージュして道子が笑った。

「ウン、どうもやはりお母さんの方が強いよ。孝行をしなきゃあいけないよ。親ほど大事なものはないからな――」

オヤセンセイ、アタシを矢張り勘定に入れていないのねと出かゝるのを、いやこのひとも常識のならわしの中に生きているひとだからと、道子は口をつぐんだ。

「何しろ君の運勢は凶の部に属するからすべてに用心してかゝることが肝要だよ、生活への努力が欠けたらより悪くしかならないから。結婚は二十六過ぎてからのものが本物だ、二十六以前のは必ず失敗するね。だがまあ、晩年には精神的にも物質的にもよくなってくるだろう。何をやらせても人並以上にうまくやれる――。誰にでも好かれるし、しかし、一ぺんこじれ出したら君は手に負えない奴だね。この性質が君の一生を悪く支配し勝ちだから注意を重ね給え。これが君、君が男だったら人の上に立って行けて大いに得を……」

「でも今おっしゃるような事は、誰にでも通用することと違いますか！」

ねっとりと絡むように波うっていた目鏡の奥が、キラッと光を変えて道子を見た。

「いやあ！ 違う。そんな事はない。誰にでもというような事は絶対ない。これは君飽くまで君ひとりの運命についての事だよ。フム、然し君はちょっと骨がある。なんだそんな表情をして、ヨーシ、そんなら君にだけ僕の奥伝を見せてやるから、もそっとこちらに寄り給え」。

目鏡はくるっと向きを変えると、ゴソゴソと一番底に積まれた易の本を出して、内緒事のように声をひそめて道子の運命なるものを再度認識させるつもりらしかった。どうもイカガワシイ虎の巻だと思いながら、道子はそれでも、――霊的の暗闇絶えず遂には破滅の憂き目に逢うべし――その二十六以前の結婚に対する易の断定と、刑罰とか人を殺すとか殺されるとか云う言葉に、多分可能に近いことかも知れないとひそかに笑った。

それから目鏡は自分が今まで当って来た客についての種々の経験談を巧みな話術で話した。それによると、彼は「先生」と至る所で呼ばれている。一種の風来坊然とした英雄であることを自認しているらしかった。

「一体センセイの本職は何ですか」

「僕は哲学者だ。数理哲学だよきみ」

昂然と羽織の袖をひるがえして破れ下っている例の看板を指し、小さな声で、いや、だがこの看板はもう離縁だねと其の手を下すと、

「僕は易者ではない、学者なんだ。汽車と馬車とは大いに違うだろ。僕は数理哲学を研究しているんだよ。君、神霊日本というのを読んだ事ないかね、あれは僕が書いたんだぜ。」

「いゝえ」

お気の毒さま、というのをはぶいて小さな声で答えると、

「そうか、しかしあれ今では百円はするぞ。赤い表紙で、其の頃三円九〇銭もしたんだから、昭和十二年頃だったかな、」

「先生々々、さっきから先生は、あたしのことを、道っちゃんとおよびですね。」

「あーそうだが、何だい道っちゃん。」

「あたしは先生に対しては未知の人間でしょう。それなのに道っちゃんとお呼びになる。それはショ

ウバイ気からですか。」

「……何を云うんだ。何も……（と息をついてから勢いよく）僕のショウバイはね。もろ〳〵のひとの魂に呼びかけるショウバイなんだ。それでその魂のあり家《か》といえば、個々の名前だろう。で、君の魂を呼ぶ為には、道っちゃんと呼ばざるを得ないだろう。僕は今君の魂と話をしているんだ。道っちゃんといっても君と云う家が肉体がよそみしていても構うことはない」。

ショウバイに魅力をつけることはあなたの意識すると、せざるとによらず慣性になっているんだとしか見えないけれど、矢たらに突くことは必要以上のことなのだと彼女はうるさくなり、如何にも納得の行ったような顔をして見せた。

彼はそれから、君の結婚の相性を観てやろうと云い、何かしきりに帳面をくったり、目をつむって見たりしていたが、小さな紙片に吉とか凶とか書いて、その彼女に適当なと不適当な男性の年令を書いてよこした。二十三のひとは凶の部に這入るのだというのだけ彼女は記憶しているが、瞬間、信之の思いつめた顔が彼女をとがめているような気がした。

「こんなの見たってつまらない……」

そうつぶやいて、無愛想に机の上に乗せた。

「あんな事云ってやがら、照れなくったって持って帰れよ、これは大事なことだ、」

彼は相性でない女性と結婚して二度も死なれたり、失恋したりした最近の痛手の経験を語り、実際異性のない生活は暗黒だからなあと結んだ。易者というものは、こんな俗臭紛々たる情熱漢だとは想像していなかったので、彼女はいささか、興味を感じてそれとなく眸の色を深めた。

「どうもまだ君の眸は疑問を含んでる。何か聞きたいんだろう」

彼女はいきなりアハハハッと、胸の中のものをほうり出すような笑い声を出し、その笑いの収まらぬ儘をピタリと止めた表情で真っ直ぐに自称哲学者へ射込むような視線を送り、おもむろに云った。

「でも先生、先生の運命鑑定が絶対のものであるとすれば、その運命が来るのを、甘んじて待っているなんて、実に面倒臭くてじれったいではありませんか」

「何、面倒くさい？　君は痛快味があるぞう、――一体に道子という娘は理屈っぽいんだが――、しかし、そんな事をいうんなら、その、今の君の言によれば、面倒くさいと云ってしまうならば、待たずに死んでしまった方がいゝという結論にしか達しないじゃないか。」

「そうです。まあ善きにしろ悪しきにしろ、運命があるということや、それが、必然的であることはあたしにだってわかりますけれど、そんな小っぽけな個々の運命を、命を、後生大事に守って行ったところで、つまらない一生をしか終ることが出来ないのに、一体、運命と共に生きてゆくということが、どれほどの価値を持っているんですか。」

「君のように考えてゆけば、生きてゆくことはまるで無意味になるじゃないか。」

「勿論、無意味で馬鹿々々しいほかの何ものでもありません。」

「何という早急な断定だ！　君、無意味だなんて口にする程なら死にたがっているのか、それで死んだ方がいゝなんて云うなら僕が手伝ってやるよ。首吊りだろうが、川だろうが……」

哲学者はこゝまでまくし立てゝ来てふと、口をつぐんで始めて自らの顔になった。彼女の相変らず微笑している眸の下に、微かに引きしめられた皮肉そうな口許を認めたからである。

「だが君は手答えがある。僕も何だかしゃべり甲斐があるよ。――そこで今から大いに論じようじゃないか。」

彼は二、三べん腰掛にガタン〳〵と掛けなおして、生から出発したものである運命は、これは一直線の伸張であり、その両側面に、運気と運勢とがあり、それが交々に動きかけつゝ運命につながってそれを発展させてゆくのだ、というような意味の話を、鉛筆で図解して見せながら克明に説明し出した。彼女は焦れったくなった。

「その運命又は生命そのものへの倦怠をどうすべきかというんです。あたしは生きてゆかなければならないと云うことに対して何等の確信もない。確信が欲しいんです。」

「じゃあ君、こゝに米とひとがある。でどちらの方が大切なものだと思うかい。ええ、君たちは、どう思うか。」

哲学者は、先刻からもじ〳〵と、道子等二人の問答に、遠慮して姓名判断をして戴きに来たと云い得ずにいる他の娘二人をかえり見た。二十二、三のこの娘たちは、太った唇をパク〳〵と、ちょっと戸迷っていたが一人の方が、それは米でしょうというと、哲学者は、ニヤリと笑って道子の方にあごを向けた。

「それは両方とも両々相まってつながって行かなければ意義がないではありませんか」

彼の、何か優越の意識に自己陶酔しているような、テストめかしい問いに反感を覚え、道子は、物憂気にそう云い捨て、そんな神の意志に反撥したくなる、と吐き捨てるように云った。

「そうだ、両々相俟ってだ。さすがに小理屈を云うだけはあるね。だが神の意志にと云ったね。反撥して見るのもよかろう。しかし、いくら力んだとて人間の力なんぞ実に微々たるもんだぞ。この大宇宙のことを全部知ろうとか、神の意志をくつがえそうとか……」

「そんな事わかり切っています！　私にも生を与えてしまった神へです！　大自然の働きの中であたしが生れ且つ今生きていることも知っています。けれども、それだけの事実だけでは道徳めいた生命の意義とか云うものにかぶりついてゆけないのです。」

「君、川が流れる。水が流れるということは一定しているだろう。その流れに逆らおうとする時、矛盾が生まれるんだ。君は流れにさからって、――」

「先生、肯定ということは、(と彼女はゆっくり云って彼の目に問うた。彼は、ウン肯定ということは、とうなずく) 識るということですか、それとも悟るということですか、」

「勿論悟ることだ。」

「じゃ先生は悟っているんですか、」

「勿論悟っている。僕位馬鹿になれば何の苦もないよ、」

どうも判ったものではない。自分で何によらず自認しているものに、自認の位置にいたものを曾って見た事がない。悟った先生が失恋の痛手に苦しんでいるなんて、このことは先生、矛盾の部類に入れてないらしい。彼女は、くすぐったくなった。

「どうも君は面白い。君、そういう天地宇宙の神秘や哲理をもっとくわしく知りたいと、勉強したいと思わないかね。今僕は助手を探しているんだ、何、ちょっと勉強すれあ、運命学なんてすぐ体得できるよ。」

「先生私、そんな勉強とか何とか余裕のある気持ちではないのです。とにかく早急に、目に、はっきりと見えるものをつかんで見たいのです。」

「今につかめるよ、勉強すれば。だがこりゃあいゝ職業だよ。前に君のようなことを云う女のひとがあってね、そのひとにちょっと勉強さしてやったんだが、今ではそのひと一日三百円位かせいでいるよ。女の人にはいゝ職業だ、」

彼に対する興味が一ぺんに失望に変ってしまって道子は、助手兼、何とか、でなけりゃいゝですがねと心のうちでつぶやいた。

「君は何番目の子だ、」

「長女」

「君二十一だったね」

「そうです」

「君の家の職業は、」

「農」

おやこの先生本気で、助手に口説くつもりかしらと彼女は、ニンマリ含み笑いをかくしていたが、君は今どこかに務めているんじゃあるまいなと来たので、道子は無雑作に、結婚していますと涼しそうな顔をした。ほんとかと彼が云ったので、ほんとらしく、ほんとだと道子は云い、続けて、二十三のひと、と付けたした。

沈黙一暫し、やがてスーと息の抜けそうな溜息をつくと、彼は、

「じゃあ、その方は駄目だ……だが君、（といぶかしそうに）君の人生観が今の通りだとすると、今の君には異性なんてそう感じられない筈だが。」

「えゝ、其の方が強いです。殆んど恋愛も結婚にも興味がありません。――興味というと語弊がありますが、――よくも結婚する気になったもんだとおっしゃるんですか？」

「なぜそんな弱い愛情に、いや愛情があったのか。」

「えゝありました……それは確かな事です。でも」

「でも？」

「でも、人生は無意味だという観念が其の愛情をすらも殺したんです。絶望すると物事が汚なく見え勝ちで……それは立派なひとなんですけど。私の苦悶の最中に式を揚げる話が出て、それを対象となるひとへも周囲へも私の有りの儘の思想を伝えたんですけれど、周囲の人たちなんて矢張り一般的にしか男女関係を考えてくれませんし……いゝえ！　でも結局は私ひとりの責任なんです。」

「ずるぐ〳〵っと結婚したっていうわけか」

「其の人の私に対する愛情がどれだけ深いものか、私は一番よく知っていました。拒絶したら可哀想だと同情したんです。勿論、将来人並に嫁がなければならないのが私の運命なら、他の男性にゆく気はなかったんですけれど、周囲の事情に押されて、式を早めて、そして今苦しんで、」

「同情を愛情にカムフラージュしたんだな君は。」

彼女の表情は傷ましくあえいだ。

「えゝ私、運命を直視してやると偽度胸を据えていたんです。そうなるのが神の意志かも知れないと自分をあいまいに胡麻化していたんです」。

「残酷だよ！　相手なる人が可哀想だ、君そのひとの立場から考えた事があるか。」

「考えずにいられたらこれほど苦しまないでしょう！」。

「止せ〳〵。同情でみんなを胡麻化すなんて、決して続かない。誰も幸福になれない。君の運命に明示されているじゃないか、……　君の今日の質問が単なる常日頃の知識としての疑問ならいゝが、そういう苦悩を根底としているとしたら、大へんだ、思い切って別れるんだよ。そんな状態だったら、そのひとに、ハイ私の肉体をお貸しします、ハイ私の労力を妻の形式でお使い下さい、と貸しているようなものじゃないか。これは愛じゃなくて侮蔑だ。」

「いゝえまだそのひととは一緒にいませんのです。今の私を解決してからと思って」

「駄目だ〳〵、なおいけない。そんな風で君の愛情が元へ戻ろうとは思えない」。

「でももし先生の言を決行するとして、あのひとの私への愛情から押しはかって、それはあの人を殺すことになりはしないかと思います。」

「君のそのひとに対する愛情は、カムフラージュされたものだから結局ウソなんだ」

「ウソ……」

道子は胸を一突きにされたような気がした。

「だから別れた方がホントの愛情になるんだ、ホントの愛は決して人を活かしはしても殺すような事はない。罪悪だぞ、今の君の態度は」。

「えゝ罪悪としょっちゅう思います。先生、修道院は、そんなに暗黒な人生だと思いますか」。

「いけないよ君！　君はそんな事を……。どうもあぶないなあ。修道院は罪人の行くところじゃないか、僕は曾つて北海道の修道院の副院長にそう云ってやった事があるがね、奴さん、(先生はおそろしい事を云いなさる) びっくりしていたがね、とにかく或る意味で罪人だよ、」

「その罪人だとおっしゃる意味はわかります。だから罰を受けにゆくんだと……私が修道院は暗黒じゃないと思うのと先生が自然の中に悟ったとおっしゃるのと、一致点が無いものでしょうか？」

「いけないよ、君。今夜映画にでも行き給え。僕がつき合ってやったっていゝ。映画でも観て、馬鹿になれ馬鹿に。今のようだったらホントに自殺でもしかねまじき勢だ」。

「自殺は一ぺんやって見ましたよ、ただし御覧の通り死にそこねていますけれど」。

クスクス笑ってそう云う彼女に、彼はドウモおどろくなあと溜息した。そして、先刻云ったように君の運命にそう云う血なまぐさい事が出ているんだ、とにかく、要は別れたまえ、を盛んに強調した。

二人の青年が這入って来て、何か面白い問題でも出たんですかと聞いた。彼女はもう一つと前置きした。

「何の確信もなく、結局誰にもわからないのだからと思い流して、生きているが故の生への執着の、本能の惰性の儘に今から行くとして、そこに先生は、いさゝかの偽りもないと思いますか」

「あゝないよ。判ろうと考える方が無理だよ。馬鹿になることだね。」

「無感覚と、悟るの域は一見大して違いませんからね」。

「むしろ無感覚が望ましいね。なまじ才能があるよりも、……(とかたわらの青年の方に向いて道子を指し) このひとほどからかい甲斐のある英雄ゴーケツは、僕の経験中にも多くないね」

「ハイ……。見料二〇円、どうも有難うございました」。

スポッと道子は立ち上るなり、十円札の二枚を彼の真上から彼に「与えるんだ」と云う風に差し下した。「からかい甲斐」か。二〇円で持てあましていた胸のわだかまりが売れたと思えば息も抜けよう。思わぬひとに、ひそかごとを話したと思えば損だとも云えようが、「からかい甲斐」位なら軽くていゝと思い乍ら外へ出た。

急に立ったもんだな、呉々もあの事忘れるな、又来給えという自称哲学者の声を後にしながら――。

×　×　×

…………（刺戟がほしい刺戟が……クワッと取りのぼせて前後をわきまえなくなるような、現実のさ中から、すっかり宙に浮き上がって、メラメラと燃え上るほどな、そんな感情の燃焼法はないものか、メラメラと燃え狂って一息に灰になってしまえばいゝ……。）

梅雨前の南国の熱っぽさがナマナマと這い廻ってどこまでもついて来る夕暮れの街を道子は歩いていた。歩けば身体中を包んでいる物倦さを少しなりと発散させることが出来るかのように――。

（あたしの存在が小っぽけなものであればいゝ。目に見えないほどな――、今あたしが歩いていることすら誰の目にも触れ得ないほどな――、日光の中でのみ浮いている塵の粉のように、些かの微風にもヒョウ〳〵と身を任せ切って飛ぶことの出来るような……。生半可な、いのちへの執着や、責任や、絶望や、自堕落や、ああ、目をつむって一と思いに、あたしの前を通るそれらのものをギュッとつかんで見ようか、いや、つかめまい！　あたしの手は戦いて、何れのものをも取り逃すであろう。

あたしの霊魂はなぜ、くらやみの中から、何か一つのものをつかみ出して此の世に出て来なかったのか、――)

通る男も通る女も皆同じような顔をしていた。

あたしもあんな表情のなさで浮いているのかと考えたり、いのちを当り前だとそれになり切っているひとたちに、己れの愚かさを見透かされやしないかしらとも考えた。彼女は下を向いて当り前そうな顔を作って、こそ〳〵と歩いた。さも〳〵どこ其処に買物か何かの用事があるのですとでも云い度げな様子で歩いた。二、三人の友人から、「まあよく逢うのね――。今日もお買物？　の名目で遊んで廻るのじゃなくって、御結婚なすってから、解放された見たいに町へ出るのネ――」と、そんなような冗談を云いかけられた。彼女は常にも増して弾んだ声と生き生きした顔付きで、

「まあ！　失礼な！　何しろいろ〳〵忙しいのよ。ほんとに自分の仕事も出来かねる位よ、」と云い返した。せい一杯の大うそを――。友人達のそんな言葉が、どんなに彼女を傷つけているか。彼女の意識していない重い足取りを見るがいゝ。彼女は一層人通りの少い所を選んで歩いた。又あたしはうそをついた。――人間はね、一ぺん嘘をついたら、あとからあとから、嘘をついて行かなきゃならないようになるんだよ――（こんな言葉が藤森成吉の小説か何かにあったっけ）。一体あたしは悪い人間なのか？　ほんとにか？　ほんとの意味での嘘つきなのか。いゝや！　あたしは、あたしをそうは思い度くない。あたしが心の底から求めているものは、キラ〳〵と透明に光った美しいものなのだ。一片の嘘のかけらもない、正真正銘の本当のものなのだ。あたしの時々に吐き捨てられる嘘は、それに至るまでの、障壁に挑んでは、敗北しくずれる、ひよわい戦士たちの遺骸なのだ……。

サラ〳〵と淀みのない川の音が、フト彼女にさわやかなものをよみがえらせた。明暗のかげりをはっきりと浮き出だした楠の若葉が、堤の中に立ち続き、小さな洲の中に洗われた河原石もクロバー《ママ》も、せきれいも、対岸の丘の辺にそよぐ竹林も、そして空も雲も、それらのものをいさゝかもゆるがす事なく飛翔する燕も、初夏めいた太陽の中で、つゝましやかに新らしさを誇っているかに見えた。そしてそれら大自然の息吹きは、何のこだわりもなく彼女の視界から飛び込んで来て当然のことのように彼女の感動を呼び立てた。彼女を束縛するひと〴〵の視線も、その声も、まつわりつくような街の感覚もそんなものは、ことごとく遠いものであった。長々と素足を伸べてクロバーのひんやりした感触を彼女ははばかりなく味った。

　せきれいがチョン、チョン、と石を渡った。其の、リズムを持った小さな体の動きを眺めているうち、彼女は未だ見ぬ北海道を思い浮かべた。北海道の高いポプラの木の下を通るという馬車の鈴の音を！　緑の丘にそゝり立つ修道院の十字架の塔を。茜の空に韻々と流れる夕べの鐘と祈りの声と、感傷的な憧憬が、川の流れの音と共に、満ちみちて来て彼女は胸の底から溜息をついた。少くとも俗界よりは、わずらいのない世界の中で、神の意志を、祈りを、じかに身にしつゝ信仰に励む修道尼の生活――、異性のない生活？　然し寂《せき》寥と、暗黒とは自ずから違うんだ、――静けさの極みの中にひゞく讃美歌よ、オルガンの音よ……。

　ひそまり返った四囲にふと人声らしいものを感じて彼女は、つと身を起こした。二、三十米位先の草むらに若い男と若い女が、ギョッとしたように向きを変えて、うろ〳〵しながら、立ち、又座った。その態度は、この美しい自然の中で行なわれるには、余りにふさわしくない、ロマンティックさを欠いた恋の場面だった。最高潮に達していた夢想と感激はあっけなくこわれてしまい、道子はそゝくさと立ち上りピーンと、全身をシャチホコ張らせて向う向きになっているその二人のそばを、味気ない思いで通り抜けた。――あゝ嫌だ嫌だ、と思いながら彼女は、今度はどこへ行くんだと自分に問うた。夕暮れに近く橋の上を行き交うひとぐの群は、みんな慌ただしく動いていた。しっとりと、光線を弱めた太陽の輝きが黄色みがゝった赤さで万象をつゝんでいるのを見ると、急に彼女は全身の重みを感じ力無気に二、三度、長く伸びたパーマネントをかき撫で、どこへ今度は行くのかしらと又つぶやいた。

打算と、頑迷と、のゝしり合いと、物の飛んでこわれる音と、狂暴性をオビたヒステリーと、叫び声と暗黙と、あら探しの陰口と、極端なひねくれと、この世で、最も不幸な人間を作る総ての、不快な要素が孫たちの生長の上に凝り固まって、日常茶飯事として肉親のみの生活の中に織り込まれ、それらをしめくゝっているものと云えば、無反省無責任な愛情しか、無い。そして、それらの事とは、およそ縁遠そうにおもわれる祖父の仏信心のかねの音と実に複雑極ることおびたゞしい家庭を、彼女は嫌でも応でも思い出さねばならなかった。家庭というひゞきは彼女をひきつける何物でもなかった。この広い天地のどこへ行ったら一体、あたしの安らかな吐息のつける所があるのかと、このことを誰に問うたらいゝのかと悩ましく自問しながら、道子は眸をあげた。その空虚な視野には、天草の島が永遠の沈黙を彼女に示したに過ぎなかった。

あのひとのうちへ?

賢明さを、つゝましく包んだ愛を全身に満たせている姑と、何事にも優しい理解を持つ舅《ちち》と、そして人のよい義兄夫婦と、伸び〴〵と育くまれている弟妹と、そして、何よりも道子をのみ一日千秋の想いで待っている信之の腕の中へ――、飛び込んで行きさえすれば、何等彼女を傷めつけるものゝない。花嫁たるには世間並に云えば、尤も幸福なる条件が完備されている所へ――。

つい目の前という、其処までをあやぶみながら身を進めて、なぜ最後の橋を渡ろうとしないのか。

実家への加勢や、急々にあげた式の為に、嫁入り準備期間の取戻し的な別居という口実が、そう何時までも続けられる筈のないことは彼女自身よく知っていた。挙式前の信之との間柄を一般的な恋愛に観ていた周囲のひとびとは、彼女の挙式直後の実家《さと》帰りが自分たちのおもわくよりも長びくのを不審がり始めた。舅《ちち》や一緒に挙式した義兄やそれらのひと達は彼女に、早く帰って来いよと云い性的な仄めかしの言葉で彼女を、からかった。せい一杯に苦悶を押し秘めた、仰山な彼女の羞恥の初々しさをそれらのひとびとは、少女時代の無邪気さの名残りだと解釈した。

道子の思索や煩悶や躊躇は、一般には、通用しない、ぜいたくな事であり、その行動は我がままでしかなく、強いて結論づけるならば、不具であるとしか断定の方法がなかった。

「兄さん達は　あんなして睦まじそうに、御一緒にどこへでもお出でなさるのに、早う行っておあげにならんと、信之さんが可哀想じゃがナ、」

「でもまあ、御一緒にお住まいなされるまでは、お互いに、身をきよく持って行こうてんで、泊りもなさらず泊りにも行きなさらず、さすがにうつくしいもんじゃ」

彼女の顔さえ見れば、やい〳〵と近所の小母さん連は新婚という華やかものに対する経験者としての思いやりを？　注ぐことを忘れなかったが道子にすれば、ひそかな苦笑と、相変らずならわしの中に抜け出でる事の出来ないみじめな人間の自覚以外はなかった。女は三界に家なしという奴隷道徳、女たるものは、生じては親に従い嫁しては夫に従いと酒でつけ足した親の威厳で目を据えて、くど〳〵と説き聞かそうとした曾っての父の言葉に、たまらない嫌悪と限りない憎悪とを感じた。

（……が、現実は？……矢張りそうではないか、あたしの行くべきところは実際に無いのじゃないか。いや有るのにあたしが行かないのか、あたしは反逆の為の反逆児なのか………。

あのひとは少くとも、普通の女性に？　あたしに？　対する男性としては、其の水準以上に、大らかである。あたしのこの実家帰りを単なる準備期間でないことを最初から見抜いていても、とがめるような事をしない。騒ぎ立てるのは、むしろ周囲であって、あのひとは依然として自ら働きかけることをしない。だがあの重苦しい沈黙の瞳の色が、――あたしと四囲の中で苦悩している瞳の色が――、万のうらみ言よりもあたしを責めるんだ。あのひとはあたしを愛しているが故にあたしを怖がっている。あのひとの手の中から、漸く得たと思っているその手の中から何かのきっかけで反射的に、あたしが飛び出すかも知れない事を知っている。いや何かのきっかけといわずとも、既にそういう危機が、あたしから、カゲロウの如くゆらめき上りつゝあることを本能的に直感している。直感しているが故にあたしを下手に突っついてはならぬと思っているのだ。そして又、「帰ってくれ」と口にする時、四囲とあたしとの間のみじめさを、自れに再認識させ、そのおのれをあたしの何かを含んでいそうな（それはあのひとに対して決してよろこばしいものではないことをあのひとは知っている）視線の前にさらしたくないのだ。男として自分の女を意の如く動せないと自覚することは屈じょくだと思っているのだ。

あゝ如何にもあたしはざんこくだ！

だがそれ以上のざんこくが、あたしを、ひしゃごうとしているのではないか！　お前は我儘だぞ〳〵という縄であたしを絞めつけつつ。

あたしはあたしの持てる丈の能力を働かしてあのひとを分析し、この世の異性の中で尤もあたしを愛していることを知った。そして二人はお互いの笑顔と、言葉との感触をはっきりと目の前に取り出して、それをくゞらせることを条件とする、思想のさま〴〵のやり取りに一種のとうすいを覚えた。だがこのことが、恋愛の到達する所の肉体的な欲望への、絶対的な、つながりであるということを一度《たび》客観したときから、あたしの本能と理性の競走は、すっかり理性の勝ちになり、思い上ったその理性が、いつも自分を嘲笑しているようになってしまった……性に対する欲望に、当り前の顔をして酔っていられなくなってしまった。

あたしは……沸り立つ情炎の中から、ヒョイと身を引いた。そして好奇心のみが太々しく冷笑を含んで客観する……。あたしは、あのひとの情熱のふっとうの音に反比例しつゝ、だん〴〵と冷たくなった。愛が、何時の間にかあわれみを含んだ同情に変ってしまった。あたしは、快楽を否定するのではない。快楽にひたり切れない、自己嫌悪のむしばみに耐えられないのだ。自己嫌悪のうちなるものを、いやが上にも刺戟しそのあえぎを小突き廻して嘲笑せねばやまぬ狂暴な虚無性だ。

恋愛が、結婚が、人生が、最上のものとして肉体を求めるものであるとは断じたくない。然かもそれは、すべての人生に、求めて止まざるものゝ中に潜んでいる。そしてその本体は、まぎれもなく醜悪の極みであることには違いない。醜を美として、目をつむってしまう似非道徳者にはなれない。——が——肉欲に目をつむってしまった上に立つ倫理のみが、人生の目的なのか？……世人が幸福として素直に抱き得るところのものを拒否するあたしの人生は、狂ったものであるのか……苦痛の源であるこの肉体を、そしてその中なる生命を絶たぬ限り……）

×　　×　　×

道子は繰り返してもく〳〵果てしのない、そして解決の宛もないこの種の自問自答を続け乍ら、黄昏の色の深んでゆく田んぼ道へ出た。乳色の丘の裾に灯が流れたゞよっていた。熱っぽい息を吐きながら、彼女は我が家の土間に足を入れた。彼女はこの自分の家に一歩足を入れたが最後、例外なしに、キューンと音をたてゝ、すべての感情が身内に引っ込んでしまうのを覚える。これは何時の頃からだか、彼女の意識の中になかった。そして暇さえあれば石の如く机の前に座って鏡を凝視する。鏡の中に何か永遠のものを探しでもするように。

で——彼女は鈍い動作でものを片づけ、生あくびをしながら畳の上に仰向けになった。耳許で、相変らず祖母は、若い頃にその働きを停められてしまった脳の中の記憶の断片を拾い上げては、ホホゝと笑ったり、出て失せろとつぶやいたりした。長年出し尽くされたその声は、聞きとれない位にその肉体と共にしわがれて、濁っていた。道子はこの祖母に幼い時から、その為には周囲に対して反抗的になるほど同情を寄せた。「若い時のこの婆さまはそりゃあ美しかったが。川でなあ、よく身体を洗わっしゃるのを見かけたが、其の白さといったら……」とか、「爺さまもいゝ年をして、大がいに帰ってくればいゝのにナ——」とか。父が「誰《どなた》のおかげでお前達は飯を戴いて来たと思うているのか！」と母をよく睨みつけることや、「向うのおキヤさまは足が立たぬと云うではないか、お負けに此の頃では、目も見えなくなる程悪いとよ。報いというもんは恐しいもんだのう、婆さまをこのような目に逢わして罰の当らぬ筈がない……」など云う大人たちの話を、電信柱に石筆で落書きしながら、破れた小さなエプロンのポケットをつまぐり、お河童の下から眸を光らせて一々しっかり聞き取った事を綴り合わせて、祖母をこよなく可哀想なひとだと思った。そのしわがれ果てた乳房をつまぐりながら、機械のように動く祖母の口もとを見上げては急に起ち上がり、座っている祖母の後にまわって、伸び上り伸び上り、ませた手付きで白髪を撫でつけてやったり、……或る時は、真夜中に眠りを覚まされた、祖母の叫び声から突然に悲しくなり狂い呼ぶその弾力のない肉体に、とりすがって家中のものに聞えないように、忍び泣いたり、そんな時には、狂った意識の中にも孫への愛情はあるのか、叫びをやめて祖母は、優しい声で「道っチンかえ、ミッチンかえ」と見えぬ目の手で彼女の小さな体を撫でまわした……。

その祖母のひそめき声の何倍かの大声で「やかましい」を連発し、果ては、「静かにせんと、先のとがった山コで突き落とすぞ」といつものごとく祖父が怒鳴り出した。

「アーア、偽信心家が」

口に出してそう云おうとした時、母の金切声が頭の上に飛んで来た。

「ほんに―、まるでよその、よかひと方《かだ》のようなつもりで、いゝ気になって、今まで遊んで、まあ気の毒とも思わぬかえ」。

狂躁楽の序曲がそろ〳〵始まり出したと彼女は思った。

「この忙しいのを知らないか！　用事も用事次第いゝ加減に遊んだらどうかえ。どこを今までうろつきまわっていたんだ」

こんな場合にのみ、夫婦らしく相助の精神が発揮されるとは皮肉なもんだと彼女の目が云っていた。彼等は、野良仕事に疲れていた。そしてその吐け口を、道子の、無神経そうな今日の太々しい怠惰の上に注ぎかけることによって、幾ばくか、いやく、親としての威厳への自信をもう一度、我からつかんでおきたかったのだろう。己れらの知識の範囲に於けるあらゆる罵りを総動員して、世間に対して見苦しい、食おうばかりに働かんきゃならぬのに、これまでになっても親に働かせてぬけくとしている。一体誰さまが、これまでに育てゝ下さったのだ、といい、学校でちっとばかり学問をしたからと云っても、親の御恩の判らぬ奴が何になる、その年になっても世間を知らぬとは情けない奴だ。俺はな、学校こそ尋常四年までしか行かなかったが、世間の学問はお前なんかにひけはとらないぞ。世渡りのヨの字も知らぬくせ大きそうな面をするな。俺は、ナリは汚くっても貧乏こそしていても、どなたさまの前に出たってヒケは取らない筋の通った話をするんだ。一体この親のいうことが間違いかどうか、お前のやり方が本当か、近所近辺誰にでも聞いてまわるがいゝ……父の声はこゝまでくると、いつも、定って、あたり構わずの大声になり、世渡りのヨの字もという所では、さしもに石のような道子の感情が、そろくとうごめき出す。

「聞いてまわる必要なんかあるもんか、誰でもお偉くあらせられることくらい知ってますよ。昔から鼻の先に偉いと書いて、ブラ下げてあったから」

彼女はフト、そうだ刺戟だ、感情の燃焼だ、今の機会をとらえて燃え上って見るんだ。無理してでも燃えるんだとそう思った。そしてムク〳〵と体を起した。複雑な目をした父の顔が憤怒に燃えて睨んだ。

「…………よくもその口で飯が食えるな！　二十年間も、学問をさせ、着物をきせ、食わせた事が何にもならん。米の代も味噌も、野菜も金にすれば一日に一体いくらだと思うんだ、何も俺は惜しいと……」

「あたしが生まれた時に、借用証書をつけて育てればよかったのに！」

「何っ！　ウヌ、食わずにおれ！　食わずに！」

「おやすい御用だ、戴きませんよ。自分の知らない間にこの上利子がふえたら大へんだ。」

「その言葉を忘れるな！」

母親は、自分の手の届かない所に二人の争いがはね上ると、その源を自分がつくってやった事などすっかり忘れてしまう。そして、オロ〳〵と、もういゝじゃないの、お父ちゃんもそういわなくてもいゝじゃないかとごくごく小さな声を出す。性悪《しょうわる》の子ばかりが出来た責任のなすり合いが、そのころから今度は夫婦の中に続けられ、小さな子ども達は、床の中で息をかみ殺しながら、うるさいなあとつぶやきかわす。

道子は風のように、そんな二人を尻目に外へ出た。

（原稿に切り取った痕あり――編集部）

砂を踏みくだいて自分に近寄る足音を聞いた。不知火の幻は彼女の夢想の中から跡かたもなく消え去り、夢を失った波間に千鳥がチ、チ、と飛び立った。

……？

あのひとだ……！

つめていた息をフウと吐き出して彼女は立ち上った。

「あなた、不知火を見たことがありまして？」

その声があまりに出し抜けだったので、瞬間、信之は、立ちすくんだが、同時に、安心と、怒りが、むら〳〵とこみ上げて来た。

…………………………

「さ、帰るんだ！」

「どちらへ帰りますの」

「どちらへ？　………」

やっぱり……そう思ってるのか」

「………………」

「……とにかく一緒に帰るんだ、さ、帰ろう」

「…まあ、大へんに昂奮したような声ね」

信之は、もうすこしで、打《ぶ》ってやろうかと思った位だった。

「なぜ皆に心配をかけるんだ、どんな態度で家を今夜は出て来たんだ、何かお母さんたちを心配させるようなことをいって……」

「アーア、折角ひとがいゝ気持でいる所に」。

「自分ひとりならいゝ、………お母さん……」

「母?……、何も！　心配する必要なんかない筈よ！」

「なぜもっと素直になれないのか――」

「そうよ、以前のあたしは………」

と彼女はほっと溜息をついて、がっくりした様子で云い足した。

「……もっと、あなたにも、純情なあたしでした、のに」

「…………」

「でもね、今あなたがさもさも深刻そうに考えていらっしゃるほどのものではないのよ私にとっては、――あんな出来事はしょっちゅうの事だし――、ちょっとした物のはずみよ。唯、あなたには目新しい驚異………」

「驚異?……。そんな言葉を故意に意識して使ってるのか」

「えゝ、あなたの、あたしへの必要以外の御負担を軽くしておあげする義務があるように思いますから――。」

「君にはね…………。

だがそういうものだったのか。それではまるで別々だ」

「どの程度の段階で果して一緒だと云い得るか私には殆んど想像もつきませんわ」

「それでは――」

信之は唇を噛んだ。

「ということはこれ以上を俺に望むことは出来ないと云うんだね。」

「………もういっそ、そんなになり切れたらと思うこともありますね、」

「俺は、君に対して、それだけの人間でしかない男だという事を………。いや………おのれの無力さを、おれの立場のみじめさを思い知ると胸をかきむしられるような気がする。」

「そのお言葉が必ずあなたの中にあると、私にはよくわかっているんです。………だからあなたが、溝だと思っていらっしゃるその先へあなたを連れ込みたくないのです。」

「いや溝だ溝だ、そうだと思うとたまらないんだ！　なぜその、ありかを教えてくれないんだ。

——暗闇の中で舌を出す女——

おこるかも知れないが、………君全体を蔽うているそんな、まくを、(それは最少限度に薄いんだが、)取りのぞいてはいけないのか。」

「さあ、あたし、もう胸のところまで出かかっていることがしょっちゅうあるんですけれど、それを云い度くてたまらないんですけれど………」

「それを！　なぜそれを云ってくれない。なぜ云わないんだ」

「云っても、同じことよ」

「というのは、俺が………こう云う男に来た君の不幸を……」

「ほらまた、またそれなのね、それは過大な自己卑下以外の何ものでもない。あたしその言葉が何より嫌です。その言葉を聞く度にスーッスーッと冷えてゆくような気がするんです。」

冷えてゆく?………!　信之は息がとまりそうな気がした。不安が五体を駈けめぐった。

「ねえあたし、……式の前に『結婚は醜悪極まる何ものでもない、とそう云う思想しか今持っていない』と云ったでしょう、そして待ってもらうことも。……でも、まわりの人たちは、(男と女だ、一緒にすれば……)とそう思っていたのね。あなたは？　そのことを……。」

「勿論そのことに対しては済まなく思ってはいる。そして、式の時もピーンと、はね返って来たものを感じた。だが君、俺の今の立場を考えて見てくれ、自分のものだもの連れて来いよ、なんてまわりから云われることの如何に男として耐えがたい事であるか、」

「如何にもそんな習慣を構成してしまっている世間からすれば、女としてのあたしの意志なんか我儘きわまる事にしか見えないとは、あたしが一番認めています！」

叫ぶように云ってしまって彼女はしまったと思った。今更取り消すことは出来ないので、全身からほとばしろうとするものを辛うじて押えて、低い声でゆっくりと続けた。

「自分のもの、あなたの所有物、――、

そういうふうに人も考えあなたも考え、曾つてあたしも考えた事があるんです。でも其処に何かこう、モヤモヤッとからんでいるものを感じて、手足をばたつかせて見たい気になるんです」

「すでに俺に対する――」

「愛情が――とおっしゃるのでしょう、愛情――と思っていたそれ自体に疑問がわき始めましたわ。あゝ、まだあたしには、はっきりしたものがつかめない。私たちの間で？　愛情と呼ばれていたものが本物であるとすると、なぜあたしは、それに心からひたる事が出来ないのでしょう。あたしは、あなたに対して、可憐なるものであることを意識して、あるところまではそれに努めました。そういうものが一般に愛情と呼ばれるものではないでしょうか。でもなぜかそれが頂点に行きつく前に、ヒョイとそういう自分を冷たく客観するんです。本能だ、動物的なものだと。勿論人間は動物であり得ないということはありません。でもそこなのです、それでいゝのかと、」

「それ以外の生活に徹底した人があると思ってんのか」

「私の識る範囲ではありません」

「考えたら、では行きつけるとでも思っているのか」

「いゝえ、それはもう、わかり過ぎる位に覚付かない事ですわ、でも」

「それでは、他のひとたちや、俺はそんな事を考えても見ないとでも思っているのか」

「いゝえ、たゞみんな段階が違うというだけ……でもね、それだけが人生や結婚の最高のものであるとは思いませんけれど、目前の疑問すら解け得ないで、それに目をつむってどうして他のものに飛びついてゆけるでしょう。あたしには、そんな態度は、惰性や、虚偽としか見えないんです」

「社会の成り立ちを考えて見たことがあるのか」

「そんなものは……否定します」

「然しその中に君という個人が、社会の構成分子として生まれながらにあることは動かせない事実だ。」

「事実を消してやり度いわ」

彼女はそこでまた、しまったと思った。

「事実ということはたしかです。けれどそれのみを以ってあたしは、道徳者づらをして安心してゆけません。」

「誰も安心しているものなんかないよ」

「あたしは、安心しない前の状態に耐えられないというのです」

「それでは一体どうしようと思っているんだ」

ヒヤリとしたものが二人の間に流れたかに見えた。彼女は駄々ッ子のように口をつぐんで、荒々しく砂を踏んで、そこらを歩き廻り、やがて一直線に波打際に行って身動きもしないで沖の方を見つめた。息を呑んでそれらを見守っていた信之は、慌てゝ彼女の後を追いかけた。後に立った。彼女は動かなかった。

やがてぽつりと、

「もうやめましょうよ、堂々めぐりは」

と沖の方を見た儘でいった。そしてあゝ、あゝと耐えられないように胸や髪を撫でまわして、くるっと振り向くと、ねえ、私の苦痛の対象を極端に象徴して云えば性的なものに伴う嫌悪よと一息に云った。

「…………

よし！　それでは行こう、さあ帰ろう！」

急に自信に満ちたように信之はその手を取った。とたんに軽く彼女の手はその掌の中から、すべり抜けた。

「駄目々々、一度そんな風な見方であなたを見たあたしの状態では……それを感じなければならぬあなたが耐えられるものですか」

「来ないというのか！」

「絶対にとは云いません…………」

……

あたし、ほんとに今に罰があたるわねえ」

罰があたるとは彼女の本心から出た言葉だった。

「あたしが心の底から願っていること……」

「……？」

「あたし本当を云えば、あなたなんかより、修道院へゆきたいんですのよ」

「やらないよ」

一体あなたにそれだけの引力がおありなのかしらと彼女は暗の中に冷笑した。

「まるで鬼あそびの中でソラつかまえるぞとでも云う見たいね」

「どんな事があっても決して離しやしない」

いさゝかの感激もなしに、その、想いの、最大限にこめられた言葉が空しく彼女の耳のそばを通り抜けた。微動だにしないその眸のいろと、不可思議な口許が星明りの中に見えなかったのが幸ともいうべきである。

彼にすればまた、おのれのひとすじさにすっかり酔ってしまって、なすべき事を成し遂げてしまったあとの疲労感を味っているつもりであったかもしれない。

「でもね…………そうだ」

と彼を振り仰いで、

「五日あたしに猶予をくれませんか」

「五日？　何だ藪から棒に」

「あたしその五日ですっかり？　いえ出来るだけ今のあたしをくるんでしまいます。一人だったって二人だったって苦しいことは苦しいんですから、そしていっそもうあなたのうちへ参ります。そのあとに徐々にあたしを待ってくれますか」

「………？」

疑わしそうにしている彼の眸の色がくらがりに道子には見えるような気がした。

「いけませんか、むかしの道子にかえります。あなたのところへかえります」

「ほん気で云っているのか？」

「えゝ、本気、そしてその五日間は何にもかまわずに下さること、いろいろと道具をまとめたり致します」

「まさか出し抜く積りではあるまいな。」

道子はこのひとはほんとに怖いひとだと、ひそかに用心しながら云った。

「出し抜くって、何を？　何処へ」

「かえる、俺のところへ――というが、それは、まさか――。君という存在の、肉体的、精神的、その肉体に飛んでもない変化が起ろうと云うのではあるまいな」

「ほゝゝ、そんな事はありません。いいえ本気よ、あたし立派にお約束出来ます。」

「その五日間、俺はまるで針のむしろに座っているような、そんな考えは全然吹き飛ばしていゝと、約束出来るというのだね。」

「えゝ、五日間、あたしの最後の我儘……ごめんなさい」

世の中に誓うというほど当にならぬものはないと道子は思った。この大嘘つきと――。

「曾つて魅力を感じた君の放浪性が、こんなに早く俺を苦しめようとは思っていなかったよ」

彼は最後に打明けるように、安心した、（それはまだ心の底からというほどでもなかったが）声でそう云った。

二人の足音を暫らくはさゞ波がそっと、追っかけるように続いていた。

×　×　×

（あたしにもよくわからない、が、あたしはもう大がいにこの事にはっきり結末をつけねばならぬ。――首吊りでも、川でも……絶対に別れるべきだね、………

それは愛ではない、残虐だ………　勉強する気はないか――

何ということなしに、自称哲学者の顔がポカリと彼女の心に這入って来た。そしてその言葉の断片を前後もなく、彼女はつぶやいていた。鼻の先で、あしらわれた事に腹が立った。心の中にあの時潜ませていた事を、全部ずけずけと吐き出してやればよかったと思った。あたしのこの五日後の運命を予知することが出来たら、見物《みもの》だと思った。彼女は一心に整理していた原稿の灰のくずをかき集めてざるに入れた。あたしの魂の切れはしは畠に行って肥料になるのかと思い乍ら彼女は起ち上った。

音のしない雨が降っては止み降っては止み、しては暗くなってゆく道を彼女は、急いだ。急ぎながら一体逢ったら何と云うつもりかと考えた。「別れて、それから一体どうすればいゝとおっしゃるんですか」「五日間なんですよ」「どうも自称なさる程にはいかゞわしいものね」「からかいながら数理哲学の糧をかせぐというわけですね」「人の運命を享楽する職業」、そんな文句を浮かべては微笑した。

彼の店は閉ざされてあった。隣の婆さんが

「先生は今夕食を召しに町へいらしたから、すぐ帰るでしょう。折角夜出かけていらっしゃったんでしょう。わたしの店でも遊んで待っていらっしゃい」

といった。婆さんは終戦後大連から引揚げて来たのだと云って、その当時の苦労やら、こんな小さな屋台で生活を支えてゆかなければならないのは並大ていではないとこぼした。

先生嫌におそいですね……折角のお客さんを。隣からこうして見ていると、中々繁盛するようですよ。入れ替り立ち替り、夜もおそくまでお客さんが来ます。一体一人いくら位見賃を取るのかしら。それでもね、仲々辛抱屋さんで、夜なんか宿屋にもゆかずこの狭い所にお泊りのようだから　大分溜ることでしょう。それによく当るそうですね。あなたも観てもらいにいらしったんでしょうといったので、彼女はえゝと答えた。

彼は仲々帰らなかった。勢込んで来た熱がだんだんさめてゆくのを覚えたが、婆さんがいろいろと話すので、道子はあくびをしいしい、それでも待つことにした。

映画帰りが騒々しく群をなして通った。おやもうこんな時刻かしらと道子がつぶやいたとき、婆さ

んが、

「オヤ、マア先生も映画だったんですか。先刻からお客さまがお待ちですのに」

といった。

彼は目鏡の先で嗅ぐような、かっこうで、のぞき込んだが、押し殺すようなつまった声で、

「オ、道っちゃんか……フーム、そりゃ済まなかったナ―。何そのちょいと散歩に出たら映画館の前を通っちゃってね、それでつい……」

まるで恋人に約束を違えた事のような狎々しい調子だと彼女は思いながら、「お這入りになったたっていうわけでしょう」とすこぶる熱のない声で云った。

「あゝそうなんだ。道っちゃんが待ってるなんて知らないもんだから、失礼したナ――。フム、そんなに長くから待っていたのか。……君ちょっと其処までラムネでも呑みにゆこう、僕がおごるよ」

「いゝえ！　あたしもう帰ります。もうおそいんですから、それにそんな事して戴く必要はありませんから！」

「おい、きみ、きみ、」

「いゝえ、おそくなりましたから、さようなら、いつか又伺います」

「おいきみ、何もそんなに、ちょっとラムネでも呑んで……」

うるさいひとと思い乍ら彼女は足を早めた。彼は後から追いかけて来て、帰るなら送ろう、と云った。何かしら道子の本能がハッとした。くるりと振り返って立ち止ると、「いゝえ、あの、もう結構でございますから、ほんとうに馴れた道で大丈夫なんでございますから」とございますをつけた。

彼はニヤリと笑って「そういわなくてもいゝじゃないか、其処まで行くよ」といった。

又雨が降り始めた。霧を吹きかけられるような生暖かさだった。身体が固くなって矢たらに敬語を使って返事しながら又負けだと心ひそかに口惜しくてたまらなかった。

「君、四つの恋の物語というのを観たかね」

「いゝえまだ」

「おいそっちの方は溝で危いよ、それに濡れるじゃないか、もっとこっちへ来給えよ」

男の欲望がその手から、彼女の背へなまあたゝかく本能にひゞいて来た。

「ちっとも構いません」

彼女は昂然と首を振り上げて足を速めた。

「だがあの、最後の恋の場面は、とても深刻だったよ」

「私、観ていませんのよ。……あの私の家、その電線の先です……。どうも送って戴いて恐縮でした。」

彼女はよその家を指差して立ち止った。あ、そうかと、しばらく拍子抜けしたようなその顔へ、どうもありがとうおやすみなさいと道子は大きく笑った。彼はもう一ぺん、あ、そうか、といい、今夜は失礼した、……又来いよ、明日は明日待ってるよミッちゃんと、霧雨の街灯の奥へ消えて行った。

「誰がゆくもんか！……似非哲学者め、あなたがたも、その他の、誰も、手の届かない、自由で孤高な境地を、（――不知火の炎のような――）あたしは、知っているんだ。ああ！　あたしも一息に叫び出し度い！　ノラが遂に叫ばなかった〝なんだい、こん畜生っ！〟――って。」


――昭二十二・七・三　谿のいでゆの宿にて――

ひとりごと

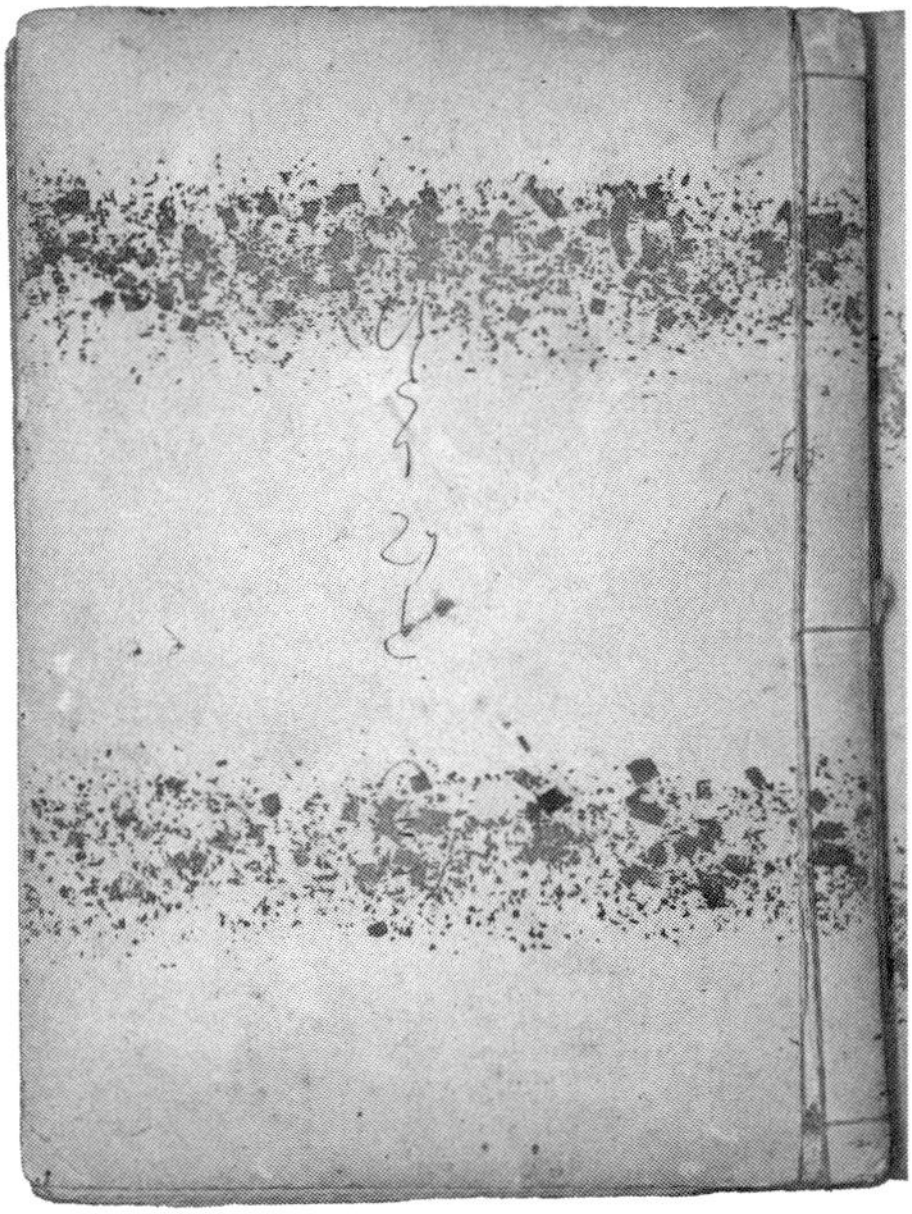

1946.12.11-1947.7.20

云い聞かせ

二十一年十二月十一日夜

「お前を可哀想だとは思う……。だが、お前は運命を背負わされていることを思い出さねばならない……」。

「あゝ！……それを、それを又私に打ちつけようとするあなたは、一体誰なの、誰なんです！」

「おゝお前はあたしをそう嫌悪しなくともよいのだよ。あたしのこの黒いベールを怖がらなくともよいのだよ。なぜそんなに座り込むの」

「あなたは又、あゝ嫌だ、もう私をそんなものでつゝみ込まないで下さい。私の前に来ないで……私を通して下さい。嫌です！　なぜあなたの忍び足は私に向って確実なのです……なぜいつも、私はあなたの影を踏みながら歩かねばならないのです。あなたの何か命令を暗示するそのほゝ笑の前には、私は一っそ息が絶えたい程切ないのです。あなたは何の為にこう私を苦しめ……」

「まあ〳〵、そんなに興奮おしでないよ。それはお前さんの悲しみをすりへらす何ものでもないのですから。」

二十一・十一月

「来ないで！　あたしにもう声をかけないで！　あなたを呼んだ覚えはない。えゝございませんとも！」

「いゝ子だ。さ、静かにおし。わたしの愛情を無下にするほど、お前さんの行手にたしかな案内人が、あるとすれば別だがね」

「その案内人の後姿をいつもあなたは、立ちはだかって隠していらっしゃるのではありませんか。」

「では、お前さんは、わたしが来る前に、その案内人を見たとでも云うのかい？　ソラ。……無茶をお云いでない。お前の其の、むきな、ひねくれに、可愛気があるよ。サ、おとなしくわたしの子守歌を聞いておくれ。お前さんの寝息をいつもわたしは抱いていてくれるのだよ。お前の見る夢をわたくしは、全部知っているよ。お前の、とざされた瞼から落ちる涙を全部知っているのは、わたし丈だよ」。

「でもあたしは先へ行かなければならないのに、それにあなたは、いつも、あたしの進みを、ゆるめて下さるばかりではありませんか！」

「お黙り！　お前さんの胸という胸、頭という頭の隅々にまで思想の餓鬼どもが争いまわって其のなきがらが、一杯になったとき、一体誰が、その後始末をするのだい。曾って、お前の息といっしょにお前の中に這入って其の仕事をやってのけたものが、一人でもあったとお云いかい？　お前の意識の中にある人間どもの、一体誰が、それをやっておくれでした？……。わたしのこの黒いベールが、いつもお前をくるむとき、曾つて、冷たい事がおありだったかい？」

「でもあなたはあまりにもうす暗い存在でいらっしゃるもの、あたしはもっと、はっきり、目に見えるものに逢いたがっていますもの……」

「やれく\、どうしてこう人間って、欲っ張りなんでしょう。どうも、創造の神は、すこし茶目気が多過ぎたんだよ。与えもしないくせ、謎と云うものを気易く人間といっしょに、現世に送り込んじまってサ。それのお供を仰せつかったわたしも、楽じゃないよほんとに……。オヤ、まるでお前の手は冷え切っているじゃないか。おとなしく膝の上にいらっしゃい」

「…………」

「あきらめとか、暗さとか、そう呼んで、人間どもの中には、真向から、わたしを見向きもしないやからもあるけど、わたしの呼び声のデリケートな引力をよく知っているお前さんを、わたしだって、離しはしないつもりだよ。適当なときに、わたしは、お前さんの希みもの、「さめないねむり」を与えてやるつもりですよ」

二十二年一月二十三日夜

鏡

空をうつした鏡の一点から
私を射るもの
無限にひろがる一点から
私を果てしなく
突き出だすもの

心をかみしめて
今私は
鏡を拭いている

二十二・一・二十六

× × ×

自殺は人間性の否定であるという云い聞かせは、それは、敢えて否定せんが為の自殺者の意識を忘観《ママ》した、馬の耳に念仏式のお説教にしか値いしない。

生 命

曇り日の生暖かさ……
野放図にひゞくバンカラな青年の歌声
一ゆすり春の種をこぼし、過ぎてゆく風
丘辺の松に抜けてゆく風、抜けて来る風のさゞめき
無表情な鎌の刃は切株に鈍くねむり、

ペンペン草は支配される儘に動き
掌から
思いもかけなかった私の体臭らしいものが匂い
田のくろに置いた私の生命の大儀さよ

――五・二十九――

×　×　×

救われようもなさそうな沼地に全身を引き絞められながら、それでも私は一るの望を求めてうめき、うめく事をやめようともしないのである。

意味を持たない生命を保ち続けることの、いかに苦しいことであるか！　軽蔑すべき事であるか。それでも私の目指すべき所があらねばならぬとしたら、この世ならぬ（とひとのいう）修道院か、尤も正当な手順との、たった一つの自信を持ち得る一歩手前にある、輝かしい自殺か！

×　×　×

ともすれば私は過大評価され勝ちである。どこそこの場所でよくそんな事が気にかゝる。私は偽善者なのか――。嫌な想いにかられて私の内容をあせり出して並べて見て私はうんざりする。だのに――矢張り過大評価されている。私は意識せぬうちに（又はせぬふりをしていて）おのれを粧っているのか？

「あなたのまわりに集う人々――、
その中のヒロイン、……あなたが思っているよりも、
意外に幸福だったんじゃあありませんか」。

私の、その偶像であるかのごとき朝キチは、

「……ホントニ、でもあなたはまたその一面非常にある意味では恵まれていたといえるわ」

と、例の彼女が感動したときによくする大きな、深い目付きで吸いとるように私を見つめてニコッと笑う。

私は妙な気がする。そしてホントに恵まれた一面があったような気がした。そしてそれはやっぱり、私は偽善者であったから、のような気がした。過去に於いて私を囲んだ人々は、例外なしに、私の風変りさ?を見守った。可愛がって――と云う言葉が当はまるならば――くれた、くれる、人々、それは否定しないにしても……

しかし、
私のこの悩ましさは、では何なのだ。其のひとびとの、尤もらしい賞讃や、それらに類似した言葉の、愛情の中に、なぜためらっているのだ。否、何故むしろ背を向けようとさえするのだ。

でも私は知っている。私のこころを取り出して並べて計ってみるとき、きっといやしい、さもしい利己がガチャンと音を立てゝかたむくに違いないのだ……それは余りに悲しい本当の私であるけれども。

私は真実というものは、溶け尽くすきわの、氷の一かけらほども存在しないのだ、と思った。嘘に

いつのまにかかためられたよのなかに一秒間も私の存在は認めることが出来ないとも思った。だが事実は、再び自然の命によって生かされている。私は其処に私の生きた肉体に宿りたがる私の霊、魂の真実を見た。私は求めてやまないが——、それにしてもあらためて見直した此の世の中にそれらを満たす暖い真実の少いことよ、夏の舗道に踏みつぶされた蟻のなきがらに寄せる程の悲哀も、同情も、ひとびとはとうのむかしに忘れはて、餓えたひとびとへの視線は、「ひとごとはわれの事、わが斯くなりさえせねば」の域を一歩も出ない。無感覚は、まるで常識になってしまった。それは例外は（敢えて例外といわなければならないのだ）あろう。

私は少し自分をかえりみてふさわしからぬ事を考え出したようだ。だが要するに、どこに真実を求めるかである。求めても結局足りないとせば、もどるところはおのれ自身の中にか？　では、……私自身の中に、よろこびにおのゝく程な、そんな何ものかゞ果してあるのか、否、否。

では、真実を養えばよいではないか、真実を作ればよいではないか。——斯う私は決心すべきであろう。しかし、この決心と云う栄養失調者は、常に絶壁の頂上にピラ〳〵と凩《こがらし》に吹かれて立っているものであることを忘れてはならない。これこそ意志のよわい人間どもに、意地の悪い笑いを浮かべた悪魔が好んで与える偽善の為の武器なのだから——。

私は斯く不安である。それはずっと続くであろう。恐らく死ぬまで……。

——二十一・六・十三——

去にし去年のこのごろ私は斯く思索していた。そして今もなおいさゝかの転かんをもなし得ない悲哀——。

うたがい

「お父ちゃん、どうしてレイジョウって云うの？」

「なに？　レイジョウってなんだい。」

おとっちゃんは、今日も少し酒の匂いで曇ったようなまなこを、トロンと向けて、このこましゃくれた目付きをかしげているミッチャンを見た。今、やっと尋常二年に上ったばかりの娘である。

「シュフノトモに書いてあった。今村家の令嬢って――。それからおジョーサンとも――。いゝおウチの女の子ナノヨ、レイジョウって。ナゼレイジョウって云うの？」

ミッチャンは、お習字の墨で、大方は白生地を染め尽したエプロンの半ばほつれているポケットに両手を突込んで、仔細らしく頭をかしげている。

おとっちゃんは、酒の肴を咽喉に引っかけでもした時のように、ぐっとつまってしまった。

「あ、そうか――、ウン……レイジョウか……」

おとっちゃんはしどろもどろにこういったものゝ、すっかり面喰ってしまった。幼い眸は、やり場のないおとっちゃんの視線をまっすぐ追ってくる。

「ブゲンシャのウチの子はナゼ令嬢って云われるの？　ワタシも女の子なのに――。ウチはビンボウだからでしょ」

おとっちゃんは慌てゝ手を振った。

うたがひ。

「お父ちゃん、どうして　レイヂヤウって云ふの？」

「なにて、レイヂヤウってなんだい、」

おとうちゃんは、今日も少し酒の匂ひで曇つたやうなまなこを、トロンと向けて、このこましやくれた目付きをかしげてゐるミツチヤンを見た。今、やつと尋常二年に上つたばかりの娘である。

「シユウノートモに書いてあつた。今村家の令嬢つて—。それから　おヂヨーサンとも—。ってオウチの女の子ナノヨ、レイヂヤウって。　ナゼレイジヤウって云ふの？」

ミツチヤンは、お習字の墨で、大方は白き地を染め書したエプロンの半ばほつれてゐるポケツトに両手を突込んで、仔細らしく頭をかしげてゐる。

おとうちやんは、酒の香を咽喉に引つかけでもした時のやうに、ぐつとつまつてしまつた。

「あゝさうかー、ウン……レ料簡ウか……」

おとうちやんはしどろもどろにかういつたものゝ、すつかり面喰つてしまつた。幼い眸は、やり場のないおとうちやんの視線をまつすぐ追つてくる。

「ブゲンシヤのウチの子はナゼ令嬢つて云はれるの？　ワタシも女の子なのに——。ウチはビンバウだからでしよ」

「バカ〳〵、ミッチャンも、そうだそうだ、お父っちゃんのレイジョウだぞ。古山家の、うんにゃ木下家のレイジョウだ！　ブゲンシャだのビンボウだのって、べらぼうめ。ウン、ミッチャンは、おとっちゃんの一番大事な子だから令嬢だとも、ワカッタか？　そうさ、金はなくったって、――いや金はあるぞ、ミッチャン達が届けないところに四斗樽一杯這入っているんだ、皆が悪口云うときには、そう云ってやりな。――だからナ、女の子はみんな令嬢なんだ、ウチのミッチャンはミチコ令嬢だ、な、わかったか、レイジョウ」

おとっちゃんは可愛くてたまらぬという風に、その酒の口臭をフーフー吐きながら釣合のとれぬよろ〳〵腰の上にミッチャンを抱き上げた。

ミッチャンは、そのひげのコワイ頬を無造作に、小さな両手でかきのけ、冷然と上目使いに、疑わし気に、二度三度見上げたばかりで、おとうちゃんのあぐらの中にチョコンと這入ったきり身動きもしない。

「でも――、

おとっちゃんがそう云ったって、誰もそう云わない、令嬢って――。やっぱりビンボウだからかしら？……　でもオカシイナ、ブゲンシャの、いゝ着物きたひとたちだけレイジョウかしら。オカシイナ？」

「誰も云わなくったって、おとうちゃんが云うよ、ナ、令嬢って。だからミッチャンも令嬢だぞ。どこの娘よりもいゝ令嬢だ。大人の本は為にならぬから今からは読むんじゃないぞ」

「おとうちゃんが云ったってつまらない。ビンボウだからよ、ひとが云わなくちゃ嘘なのよ」

ちとばかり、ものが出来ると喜んでいるとこれだからとおとっちゃんは思った。ミッチャンは今でもずっと大人を疑うのよ。

——二二・六・三〇——

私は今度も本気で死ぬつもりであろうか
死ねるか？
帰ったとしたら何が待っている？
あゝお姑さんよ！　やさしいお姑《カア》さんよ私はあなたを裏切ることの如何に苦しいかを一番味っています。それによるあなたのあのひとへの愛がどのように烈しくゆすぶられるか、実に申訳ない気で一杯です。

——二二・七・一九——

隣室にふたりの画家あり。いつもの気紛れの旅なら、どんなにこの芸術家たちからいのちの糧を多量に得られるであろうに——。「生命がけの仕事なんですよ」。私もそんなものが欲しい。生命を捧げて悔いない仕事が欲しい。生命を辛うじてゞも支えている目に見えるものが欲しい。

芸術を美を愛するには必ずしも才能は必要としない、とその芸術家は云う。が——美ならざるものに身動きならぬ程にひしめき寄せられている現在、未来をどうしようと云うのだろう。私はおのれの住むこの世を、自ら狭く、せまく、けずりながら、そのはげしい労苦にあえいでいるのであろうか。

自ら墓穴を掘るの愚をしているのであろうか。

果しのない迷路――、迷路？　いや私の路のあとは、ひょっとすればひとすじであるかも知れないのだ。それがたゞあまりに無限なるを知るが故に――。

旅に逢う、旅をするひとびと――私は始めて旅に出逢うひとのすがたをこのふたりの画家に見た。三脚、カンバス、ひたむきな情熱の眸、私の遠い憧憬がいきなり目の前に飛び込んだ感じだ。遂に出逢ったとおもうなつかしさ！　しかしもはやおそいく〳〵と私はかなしくつぶやく。隣人よ、永遠の美の追求者よ、御身等その美の中に我が死をも認めて給わるや……。

風景館、実にいゝところだ、静かな――いくたりの、旅人の吐息を休ませたところ、放浪するひとのいのちをよみがえらせてくれたところ、生きてもいゝ何かの条件が見出せたら、私はこゝに再び心を休めにくるであろうに――。

隣なる画家我が住所をきゝ給ふ。水豊なるわがふるさとをその愛する芸術の中に溶かし給うつもりなるや……大浪ヶ池のほとりに野宿するとて、絵具にまみれしズボンのまゝ勇み立ちて出で給う。その誘いにためらいて、我も高原にゆきて死なざりしを悔ゆる。後を追いたりしも遂に山路は深まりて二人の足跡を消したり。

あゝきみ等、我がふるさとをおとづるゝの時、われもはや、きみ等と昔の世にあらず、願わくば我がのこりの若き夢のかけらを、ふるさとに拾いてよ、我、我が山の辺のおわりのすがたを描きもらわざりしを悔ゆるなり。その楠見といえる画家の詩をもらいおかざることの惜しまるゝ。

ふるさと、
ふるさと！
あゝふるさとのひとびと
われを愛するひとびとよ
御身等にそむきて我高千穂のふもとに、ひとりねむらんとす
カナ〳〵の声、草々を渡る山の風、
はるかなる桜島、思い出の牧場、牧園をめぐる山々、
万象は沈黙のほゝえみをもちて我がいのちのおわりを送るか
無にかえれ無にかえれ絶対の無にかえれ
これ我が素裸のたゞひとつの姿なるを

――昭・二二・七・二十・午後二時――

II

兄　白石正晴像

白石正晴は道子の異母兄である。召集されて北支戦線に従軍、召集解除ののち亀太郎家にひきとられ、道子はこの兄と二年ほどいっしょに暮した。太平洋戦争激化により再招集され、1945年沖縄で戦死した。この像はその翌年、当時代用教員をしていた道子が遺影がわりに記憶にもとづいて描いたものである。額装されて、白石家に長く掲げられていた。

錬成所日記

1945.6.23-9.18

これは石牟礼道子十八歳の時の日誌である。吉田は結婚前の旧姓。彼女は当時葦北郡田浦小学校に代用教員として勤務しており、同郡佐敷町にて開催された「教員錬成」に参加することになった。本人の回顧によると「日記」は錬成所長に提出して閲覧を受けねばならなかったので、本心からかなり遠いものになっているというが、時代の証言としても、また彼女の成長史の一齣としても、それなりの価値をもつことは明らかである。（渡辺京二）

一九四五（昭和二十）年六月二十三日

二日後れて入所、実照寺の御堂に一人座し今日よりの生活を祈る。

さみだれや御堂に汗ををさめ居り

錬成亦楽し、第一日目予想外に嬉しく暮るゝ。ハサミバコの跡を気兼ねなく撫でつつ、鬼塚校長先生、森先生、もろもろの君達のおことばの節々を味う。

――「此の人手不足の折々、この差し迫った世の中に、今更何の講習ぞ」。――執念深く根差していた嫌な文句も、心の中を一めぐりして抜け出していきそうな。「差し迫った世」なればこそその信念を一ときなりと疑いしは、未だ決戦一本に徹せざるが故ならん。云うは易し……云うは易し……。

「御苦労さん」。「どこへ行った？　あゝそうか、御苦労だったね」。森先生なり。通りすがら児どものひとり〳〵に、声を掛けられる。板切れ、畳なぞを持つ小さな手が、眸が、途端に変るように見えるのも、気のせいばかりでもあるまい。道の上で先生から声をかけられて嬉しかった幼い時分を思い出す。「教師のひとことが児どもを活かしもし、殺しもする」。どなたの御言葉だったか。

初対面、みんないゝ方、三ヶ月ともに苦楽を行ずるとは懐かしい。

ひょんなことになりそうな顔一渡り

同級生四人、鍬野、川口、吉野の諸嬢　あとは皆お姉さん方ばかりなり。

六月二十四日

休みは十五日より。十八日迄四日間とのこと。幾辺も聞いて、「昨日来たくせに」と笑われる。本当のところ嬉しくて待ち遠くてたまらないのは、事実である。一体——、この気持、この気持はどう云う風に処理したものか……。決戦を行ぜんが為に入所したばかりなのに……。いけないのだろうか、安易な気持だろうか、戦争傍観的な気持なのであろうか、終日、複雑な気持で落ち着かないまゝに、そして、わからないまゝに帰所。

ふとん重し、川口先生に加勢を頼みしも気の毒に堪えず。途中、先生方の迎えを受く。事毎に、しみぐ〵と、生き甲斐を感ずる。我また皇民《み》なり。皇民のひとりなり。皇民としてたゝかいてあり。たゝかいの皇民《とも》また吾がまわりに満ち満ちたり。

森先生の御訓話
○助け合いの生活
○ほめ合いの生活

六月二十五日

炊事当番、五時起床、終日馬耕訓練なれば、先生方の食事に一段の心づかいが必要なり。飯稍《やや》満足、汁　今日もお定まりの玉葱なれども、先生方の箸の動きにほっと安心する。

始めての稈帽子　行進、流石《さすが》は乙女の集いなり。

稈帽子ガラス戸毎に気にかゝり

農林校到着。

岩村先生より犂（鋤の意なり）につき簡単に御説明あり。

教育はこゝにもあり。おっかなびっくりながら馬の前に立てば、決戦道を行きつゝあるとの喜びに身の引きしまるを覚ゆ。

二度、三度、顔の筋肉をくずすまじとおもいつゝ馬の鼻息に当るうち、不思議と怖さが薄らぎ顔のあたりを撫でゝ見たい気にもなってくる、順番が待ち遠くなってくる。何だか甘く出来そうな気がしてくる。湿った畦に腰をすえつゝ思い掛けず勇敢な先生方の姿を見守るうち、何だかこう嬉しくてたまらなくなって来る。白鉢巻に高々と上げたモンペ――。教師――然かも二十前後の乙女達――こんなたくましい絵が、こんな美しい絵が、こんな優しい絵が、こんな尊い絵が又とありや。決戦下の田んぼは、決戦下の教育は斯くありと、皇国はとこしえにゆるがざりとの確信を得て力強き限りなり。

午前中遂に我が番に当らず、早、昼食となる。玉葱の煮〆を食べつゝ「煩悶」と云う事について考えた。分散教育は時局が教育者に与えた一大課題だと。昨夜の森先生の御言葉を噛みしめて見る。「我々の生活は煩悶の生活であらねばならない……」。あらねばならない位どころの騒ぎではなく、実際どうすればよいのか、唯もう無暗に目の前が広過ぎてつかみ所がわからない。何か、しっかりした支柱を得たいと思うが、今だに其れがどこにあるのか……。煩悶は唯もう煩悶のみに過ぎて行き、煩悶の上に煩悶が重なり……それを解き得ると云うことは極く極く希で、又解けざるを其のまゝにして置くべきでもないらしい。そして又、わからざるを悩むは愚かか悩むべきか。それさえも大きな煩悶なのに……。

午後やっと犂を握る。思ったより〝難し〟。ぶら下る。引っぱられるが精一ぱい。これ位のこと！決戦下の女性が！　情けないこと限りなし。田んぼにぶっ倒れたって、とよろめく足に力を入れるも、またそのまゝ引きずられる。炊事当番。あーあ、時間なし、泣きたいような気持で犂をはなす。夕食を見ても涙が出そうな今日であった。

沖縄玉砕の噂あり。まことなるや。

六月二十六日

馬耕《ばこう》第二日目――今日こそは！　と道に足を踏みしむれど稍《やや》不安なり。

農林校に着きて森先生より沖縄南部地区玉砕、殆ど確実との情報を得る。

〝沖縄〟〝玉砕〟〝兄〟

御魂はや、このうつしよを去りますか

主《ぬし》なき便り幾度書きし、
むなしくも吾がまごころの便りぞも。
いずこぞ！　果てし主を尋ねて
神去りましゝも知らでありしか、今日の日迄。
事実――飽くまで、それは事実に違いあるまい。兄はもういない……と云う事から祖国の直面しているのが何であるかを切実に感じた。此んなにもひし〳〵と感じた事は、かつてなかった。兄は沖縄につながり、沖縄即ち祖国につながっているのである。
ともすれば涙ぐまんとする心
友にはなれて馬を撫でおり
友の群に　そむけし顔を近々と
馬に寄せつゝ撫でつゝ泣かじ
犂《すき》取る手、何となく軽し、やゝ上達せしか？　気も晴れ〴〵と手綱を取り、記念撮影のカメラの前に立つ。
兄よ、いづこに我が手綱取る姿を見ませしや。

六月二十七日

偖《さて》、とう〳〵日直なり。感心にきちんと目覚める。張り切って太鼓の側に佇みたるも、先生方の寝顔、昼間のお元気さを思い、棒を振り下《おろ》すのがいさゝか気の毒なりし。

雨の為、午前中自由研究となる。

十一時頃、田川校校長　山下先生来所、御慰問の為とか。一同大いに恐れ入る。御得意の詩吟を講習して下さる。

「法庫門営中作」、「游芳野」、「千人針」、最後に「三典歌」等あり。三典歌とは乃木父子の事とかや。作中に……武夫命ヲ捨ハ尋常ノ事……とあり、武夫《ますらお》命を捨つるは尋常のこと……然り、兄はものゝふにてありしぞ。幾度も心に繰返しつゝ歌いつ、涙こぼるゝ。女々しきとは思わず。輝く武門の誉をとこしえに残し置き、一門武に生き、武に死にゆきましゝ乃木家……吾が弟また我より年若くして防人となり南の地にあり。我またもののふならざるも、おみななればとて、祖国危急の機に生きてあり。武夫命捨尋常事。万感交交《こもごも》たり。

奮闘の割に午後の蓑作り完成の域に致らぬまゝ、さみだれに暮るゝ。

今日の日直失敗多し。

おきし手にふと心づき箸《はし》を取る沖縄おもふ朝の飯時《いいどき》

六月二十八日

朝、森先生より沖縄の報告あり。

〝長恨千載に尽きるなし〟

牛島最高指揮官の御言葉なり。

一億のはらから　そも　此の言葉を　如何に聞きたる。

死にまし〻幾多　英魂の叫びにあらで、何の御声ぞ。

今ははや形見となりし筥箱の花を撫でつ〻泣かじとおもふ

遺されし筥箱撫でつゆくりなく赤き小花の浮きて流る〻

日の本の唯をみなたれと云ひ送り沖縄島に果てし兄かも

私の悲しさ云はじ同胞《はらから》の恨《うらみ》を継ぎていざ起ち撃たむ

蓑完成――。

六月二十九日

疲れた……。午睡許されしも眠れず。

が、まだ命にはかかわらない。はしたなく出した溜息を、引っ込めようとする途端、児ども等の吹くラッパに、身の縮む想いをしつ〻鎌を握り直して林の中の集合所に立つ。森先生と〃月々火水木金々〃を歌いつ〻、沖縄に神去りまし〻将兵を想い声のつまるを覚ゆ。

午後の馬耕

田んぼにおり立つと、不思議にも足が軽くなり、後幾時間かの作業に自信が出て来、愉快に順番を待つ。

午前中、馬耕をさせて戴いた小母さんが通りかゝり、丁寧に礼を云われた。お邪魔をしたやもしれぬと、痛み入った。然し決して悪い心地ではない。

村の人々とのつながり・真のつながりの間が短くなればなる程、其処から生まれる教育の如何に大きいか、朧気ながらわかるような気がする。

梅雨明けの山波わたる夏雲のかげを待つ田に馬を撫でつゝ

とこしえの恨を継ぎてたゝかひの田に手綱引く魂見給ひそ

六月三十日

花岡東区児童朝《ちょう》会に参加。こゝにも戦いがある。誓いの言葉の端々に、東方遙拝より上げた眸の輝きのまに、それこそ自己の利念等毛頭もない、唯、幼い心を決戦一本に結び付けて戦っている意気を見せている。

この児ども達の先頭に立って行くべきか――我等教師たるもの、何でふるわざらめや。

五年以上の児ども達、藁を抱えて一緒に帰所。草履作りである。今日は児ども達が先生。「先生」「先生」と先生方から呼ばれて児ども達大ニコ〳〵。しゃべるわしゃべるわ自分の親類の誰々くんの兄弟喧嘩の事まで話して聞かせる。「俺の教える先生は上手ぞ」。「そりゃあ先生の教え方がうまいからよ」。上手に作らなければ教えて呉れる子に済まない気がする。こゝだ！　こゝだ！　教育は！　理屈なぞわからないが、此の場面が本当の教育でなくて何だと嬉しくなる。各自二足以上、馴れた方は、三足作製。後——三手に別れ、児どもに蓑作り講習と掃除と、炊事場の土運び、——砂をつめた炊事場の気持よさに皆大喜び。夜、視学の来訪あり。講話中重要事項左の如し。

○分散教育は、村の人町の人になり切ること。

五月迄の家庭実習の話など出、今夜の夢は母の夢か、一同楽しく床につく。

七月一日

いよ〳〵今日は、ふるさとへ帰るの日、三時半起床。あたり、未だ暗し。先生方の寝息のみ微《かそ》かなり。床の上に座し、又横になり、斯くて夜明けを待つこと暫し。其の間長きこと限りなく溜息無数……。

時計の五時を打つか、飛出づる如く駅に急ぐ。我一番に並び首尾よく切符入手。朝食もろく〳〵のどに通らざる如し。

一日なれば例の如く白鉢巻、跣足《はだし》のまゝ洗面道具持ちたるまゝ河原より諏訪宮《ぐう》参拝、戦勝祈願——、あゝ今日も今も此のたまゆら、命を投げ打ちて戦いに散るつわもの幾人、——鳥居をくゞり来つ感慨無量なり。

午前中農林校にて、田植練成、一同、飛切り元気旺盛、菅原、岩村両先生、諸御注意並びに御指導済むや、直ちに苗床に這入る。

何事もたやすき事、世の中になきものゝ如し。苗しばく〳〵折れ、しばく〳〵切れ、無暗と指先に疲れを覚ゆ。腰漸く曲りたる頃、視学見えられ激励あり。時計を気にしてやっと田植に移る。水いささか多く、人差指と、中指にて、御指導通り差し行けど、苗、思うが如くまっすぐに立たず。つくぐ〵百姓また楽ならずと思う。然かも我百姓の生れなり。

二枚程の田を瞬く間に植え尽くし

七月二日

苗の並び気に入らざるもホッと一息、尊徳翁の、「植えすさり植えすさりして……」。何とか云う歌を思い出す。青田、然かもそれが此の手に成ったと云う所に味わい切れない喜びあり。労働を唯単に労働に終らせては、労働の意欲がなくなる。それが児ども達であればなおのこと。先生がおっしゃったからする、しないと叱られるからする、労働であっては決していけないと思う。何かそこに汗を流した後に立つ青田の涼しさと云うようなものを児ども自からが味わい得るような指導法――田植必ずしも田植のみに終らざりしを感謝。

森先生の帰郷後の御注意細々とありて、校長先生への御土産の草履、いそく〳〵と風呂敷に入れ一斉に山門を出る。先づ田浦《たのうら》へ行かんとて、我一人御堂へ残り、上り列車を待つ間をオルガン弾きてありしに空襲警報発令、間もなく大型機らしき爆音、同時に機関砲の音頭上にせり。佐敷の人々呑気なり。命を大事にすると臆病とを取違えているらしき感あり。遺憾の極みなり。

田浦の先生にて帰りの切符なく困り居らるゝ先生ありたれば我のを譲り、又居残りて水俣を求む。

湯浦駅にて折よく校長先生と会見せしも話尽きぬまま後日を約して発車。


何がなしに駈け出したくなりにけり小さき我が家の灯《ともし》見たれば

兄のこと誰も語り出さず、我も云い出さず。灯明のみ淋し。

十日目の我が家なれども目にうつるもの悉く懐かしく悉くいとおし。

掃除を済ますや、台所にありし母
「道子、兄ちゃんのお水を替えておくれ」

と云わるゝ。我無言のまゝ写真の前に立つ。兄のことにふれられし母の初の言葉、水を替えてくれ……万感をこめし声のひゞき、戦う家の姿……涙を見せぬ母に涙を見せまじと、また我もつとむれど……我、母のこゝろのすべてを知り、母また我のこゝろのすべてを知られてやあらん。

田植完了しおり、いさゝか残念なれども、祖父と競いて草履を作る。

満、久子、妙子、勝己のは余りに小さく、猫のわらじとはこの事なり。

はしゃぎ廻る弟妹を見ては流石に微笑禁じ難し。

一《はじめ》、面会に帰郷、一昨日又征きしとか
「姉に逢われんとが一番きつか」と云い残したりとぞ。近所の方々、「残念でしたなあ」と其の模様を細々と話して下さる。

まだ見ざる弟の軍服姿を頼もしく思い浮かべ、幼き日の追想にふける。

生を受けしより我、十九年、一《はじめ》、十七年、あゝ其の間の様々……。

七月三日

弟への遺書とも思い久し振りに巻紙を展く。

ひと足違いに帰水、いさゝか残念におもい居り候　とは云え生あるものゝ死し、逢見し人の別るゝはこれ常のことなれば、沖縄の兄上のことなど思い合わせて、さほど口惜しくは御座なく候　唯もし居合せしかば、ひとこと贈りたき言の葉之有り、平凡なれども、姉がまごころ受けて給いそ。それは「生きてなお、また死してなお、すめら御国《みくに》のものゝふたれ」

寸分の予断も許されぬ、この重大戦局の中に、ふるさとにありとは云え、つわものならざるとは云え、姉とても、明日をも知れぬ命のはかり難く、斯く日を急ぎて云い送るものと思い候え。

姉がこのはなむけ、最後の時まで御身につけ置き下され度候
勝利の後を楽しみに戦うには之無く、勝利の日までの為に礎石となるがまこと吾等のつとめには御座無く候や。


醜草《しょうぐさ》は幾度《いくたび》雪に消えゆくもやがて野に満つ春の光は

曾つては、悩みの渦の中に、両親を兄弟を先生方を巻き込みし事ある弟の、今、姉上、姉さんと切々

たる便りを見る毎にいじらしく、よくぞ斯く成りしかなとおもえば、有難き国柄、有難きみいくさなり。

七月四日

最後になるやも知れぬ弟がのぞみ物、特攻人形の作成に終日を費やす。

本土南端にありて、今日も斬込みの演習をなし居るや……。

サイレンしきりと唸《うな》り、敵機頭上に乱舞、高射砲の炸裂音また今日は物凄し。幾度も横穴壕に退避をなす。幸いに、水俣に投弾なし。沖縄の戦局の影響漸《ようや》く本土に見え始めしものゝ如し。

夕つ方、兄が便りを整理。


殊更に言あげはせず楽しきと沖縄よりの便り絶えにし

再びはあとに続かじ沖縄の便りを見つゝさみだれ暮るゝ

梅雨雲の切間《きれま》惜しみて出でて来《き》し光る星あり南に祈る

七月五日

早朝起床し洗髪をなす。久々に頭軽し。今日の日程、二番上り列車にて田浦へおもむき、先生方に対面、後、宿へ行き細《こま》かき道具等の整理を為し、後、六時二十八分発より佐敷へ帰るの予定なり。

「朝一ぺんなりと、皆さん方のお口に這入るだけ」と母が心尽くしの漬物とグリンピース、それに昼の弁当等……忘れ物なきを確め家を出づる途端、またサイレン。

田浦駅に降り立つや、待避信号なり。やりきれないよと云いたくなる。

木戸先生、日奈久《ひなぐ》へ転任、江口、久保先生、応召——、学校へつくなりの報道に唯、唖然たり。二十八人中の男職員、校長先生を加えて、わずか四人を数うのみ。心細さの中に、己が責務の重大さをつくぐと感じる。過日の草履、全職員に御披露ありしとか、先生方よりおほめを戴き赤面せり。校長先生、残念にも上熊《じょうゆう》の由、汽車の窓より話せしことのみにては物足りなく思えども、致し方なし。桑山先生の家には蚊帳を張りあり、胸を打たるゝ。気管支炎にて、熱三十九度を下らぬ由、しきりと力無げなる声音にて、錬成所のことを気遣わるゝ。

一同、元気よく帰所、不思議と皆の顔、物珍しき心地して、就床まで一騒ぎなり。

七月六日

今日よりまた、本格的な錬成が始まる。

一斉に初下しの蓑をつける。児島高徳《たかのり》でも舞って見たいような気がする。棒を、ちょいと握って見たが、恥かしかったのですぐ下す。我ながら面白く？　がさく鳴るのを撫でつさすりつ微笑みつ、花岡東区児童朝会へ急ぐ。道々、村の人々の目をみはりたる表情に、今朝はまた一段と元気な「お早うございます」を云う。

託児所班、三班、六手に分れて朝会後直ちに田植に出動する。第二班、山田先生、上野先生と三人である。ぬめり勝ちな畦道を児ども達におくれじと急ぐと、小母さん方、四、五人、笠を振り上げて苗を握ったまゝ「恐れ入ります」を連発されるのには、言葉に困った。――声をかける丈で村人はとても喜ぶ――森先生の御言葉をふと思い出し、勇躍田んぼに這入る。馴れた手付きの児ども等に負けまじとあせりつゝも、後に残る狭い田んぼを楽しみに、暫し、汗を忘れる。

朝から曇り勝ちだったが、ポツリ〳〵、ザーッと降るわ降るわ、なか〳〵軒下に駈け込んで待ったが、まだ止まぬ。止むなく植え終らぬ田に心を残して集合所に帰る。物足りぬ田植であった。

夜、森先生より〝女先生は花瓶の中の活花《いきばな》たれ〟とのお話あり、深く反省する。しおれた花に憧れた一頃もあった事等に恥づ。

七月七日

託児所、今日はいよ〳〵四班である。

国民学校？　託児所？　そう大差はないように思われるが、ごちゃ〳〵した幼児の顔が様々に浮かぶのみで、まる切り見当がつかない。集合所についても、我ながらきょろ〳〵、あの子が泣きやすまいか、この子が怪我しやせぬか、森先生の御注意も上の空に聞いて了《しま》った。

ブランコあり、打込み台あり、オルガンあり。竹林の中にせゝらぎをはさんで、うまく作られたものだと思う。これで平常は花岡東区分散教場なのである。椰子ぶきの土人小屋を想わせる藁屋根の即成教場とお稲荷さんのお堂（近頃はまあ、何と騒がしい世の中よのうと、思わっしゃるやも知れぬ）

に椅子を置いて、なる程、決戦下ならではの教室、然しこんな所から生れ出づる児ども達こそ、真の意味でのたくましい第二国民であらねばならぬ。

色々の表情しているよ――、泣きそうなの、笑ったの、ふくれたの、それでもみんなじっと先生方の顔を見くらべている。どこからどの子を、どうしてい〻ものやら。

「お世話になります」。頭は残したま〻腰ばかりのおじぎが、如何にも可愛らしい。解散すると、何の事はない、守りが一人、二人ついていて思い思いに遊んでいる。中には、遊びたさの守りもいる。「ネーチャンが乗って見する」……何時までも揺れているブランコの側を遠くはなれて、一人でカニを追っている子、「ブーブーの所に行く、ネ」と寄って行くと、顔をしかめて、後ずさりをする子、

「お話をして聞かせるから来てごらん」

と云ったって、仲々寄らない。漸く集めた六、七人に「鬼とたぬきは」と熱が入った最中に、泣き声、ハッと見やれば、其の子の足下が一ぱいぬれている。始末をしているかたわらで、隣の女児の髪の毛を引っ張るの、いやもう、それは〳〵お昼までの永さと云ったらなかった。

昼食後の紙芝居、「明るい門出」――戦にきずついた一軍人の更生物語りである。分るかしらと思って見るうち、自分がふらりとやってしまってはっとする。

午後では、いかぬと思い乍ら、手のつけ所を見失った形で、ボーッと遊びの状態を眺めるのみに過ぎ、とう〳〵四時近く、お八つを渡して帰すに至る。

気抜けしたように後姿を見送り乍ら、「ここに又、煩悶あり」とつく〴〵思う。

矢張り先生と云う意識が抜けきらないらしい。教室授業の気持を幼児に迄も押し付けようとする傾

向があるらしい。事物に即した教育をこゝに活かすべきとは帰り路に考えた事。
夜、視学さんの来訪あり。熊本市空襲被害地視察談を発表下さる。今後の防空に参考とすべき点、多々であった。

七月八日

朝露を踏みながらこう考えた。

〝カビ〟こゝ暫くは返上、或は永久に……斯う連日の日光浴では、さしもカビなるもの発生する能わず。〝カビ〟とは二、三の友とひそかにつけて喜んでいた我が別名である。じめ〳〵した影を三ヶ月間で一掃して帰るべく努めよう。

大詔奉戴日なれば、河原より直ちに神社参拝。終日、地方実習の予定が途中で変更され、午後からは学校の田植の由に、四班五人、漸く馴れ初めた手付に拍車をかけて十二時半迄の時間を奉仕する。赤飯を御馳走にあずかる。流汗の後の事なれば、殊更にうまかった。

午後、実照寺に一同集結、焼ける道路を跣足で学校実習田《でん》に急いだ。

佐敷校の職員も御出勤、バッチョ笠、戦闘帽、桿帽子、姉さんかぶり、頬かぶり様々に、和気藹々の中に気持よく、田植は終了する。袖の先の黒くなった両腕を佐敷川に冷して設けの席につく（実は、さなぶりの話があったのを一同楽しみの田植であった）。校長先生より「今席は錬成所と本校との見知り、さなぶり、視学との見知り、中島先生の応召祝賀を兼ねた宴」なる御挨拶あり、近来珍しいまでの御馳走に余興等も出、九時頃帰所。楽しい一日であった。

七月九日

連日の田植敢闘に、森先生の特別の思召しを以って三〇分朝寝を許さるゝ。

第四班、炊事当番、薪なか〲燃えず、五人とも目が充血して了った。

午前中、この二、三日で溜った汚れ物の洗濯、モンペ下着等の垢を落してさっぱりする。

後——自由研究なれば、日記の整理等に忙しい。女先生方への便り等も書いた。

昼食後、後藤先生のお荷物を取りに行く。四班全員（後藤、山中、谷川、荒川、吉田）と、宮崎、農沢、本田、各先生、計八人で交代に車を引き駅に行った。日中の暑い盛りで作業衣の背中に、むき出した鉢巻のひたいに汗がにじんだ。荷物は行李一箇で、車の柄を撫でつゝいささか拍子抜けしたが、それでも元気に帰る。炊事班は仲々忙しい。夕食用意前の一時間を馬鈴薯受取りに農林校へ行く。約十貫。……重いと口に出して云う、……云えば重さが減ずるのか……、したくない、と云っても為すべきは、為さねばならぬ。森先生の何時かの「気持よく仕事をせよ」の御言葉を思い出した。「あゝーあ」「……いゝえちっとも、ようございます」矢張り笑って見た方が後味がよかった。

七月十日

久々に今朝の朝風は気持がよかった。箒を使う手も何となく軽く、はき目の立って行く道路は一段と清々しい。——朝から泣くもんじゃない——と幼い頃よく母に云われた言葉を味って見る。

河原の石も此の頃は、さほど跣足にも苦にはならなくなった。洗面の内職、エビ三匹、計三六匹、既にこれは夕食のだんご汁と共に腹の中におさまっている。

半日を薪取りと、大豆植えに頑張り、お昼を食べて間も無く、怪しい編隊爆音が聞えた。空襲警報発令下なる故、〝すわっ〟と救急袋、頭巾を取り寄せるうち（用意のよさと云える人あり。然り）、急に爆音が低くなった。ホーラと思う間もあらばこそ、パチ、パチッ、ダ、ダーン………アアーナンマイダ、命は助かった。大分近かった。これで身近に爆弾を受けること、三度、水俣の時の想いよりすれば何でもなかったが、矢張り瞬間的な恐怖はある。其処らあたりだったがと、山門を出て見廻して見たがわからなかった。後で、つい近くの宮浦に三、四発と判明、直ちに現地視察に出発、現地の物凄さを見て、あらためて胸をおさすりになる先生もある。

これで佐敷も幾分か変るだろう事を喜ぶ。

床につくまで爆弾の話が絶えなかった。何しろ植えたばかりの小さな苗が（田んぼに落ちていた）刈りとられたように切れているのだから、人間の首なぞ大体、想像がつく。

七月十一日

朝っぱらから今日もサイレンが鳴った。

救急袋、頭巾をそれっとばかり「皆なかく用意がよろしい」とおもいつゝ思わず微笑する。爆音通過せしも何事もなく、やがて、解除になった。

予定の松根油《しょうこんゆ》採取場見学に直ちに出発。まだ木の香も新しいような建物の屋根が見え出すと、斧の音が聞えてくる。近づくにつれツーンと鼻をつくにおい、後で聞けば此のにおいのする煙がタールになるとか。

およそ、殺風景な、ごろ〳〵した松の根の山の中に、これは又、うら若い乙女三人、いづれも私達位、二十前後の人達が可弱い（と見える）腕に斧を揮って松根に挑んでいられるのに、先ず目を見張った。美しいと思った。有難い！　と思った。此のお姿を見た丈でも今日の見学は意義があると思った。

汗びっしょりの裸の小父さんが製造過程等を説明して下さる。種々質問を出し一同の見学態度も実に真剣である。あれを見、これを感じ、戦わん哉の意気が至る所に沸き上っているのをつく〲嬉しく思い乍ら帰途についた。

午後、草履作製、今日は先生なしに一人で作る。やっぱり経験なり、である。二足出来る。此の間より見よいものが出来たのは勿論である。

七月十四日（炊事当番）

上り列車にて早く御出発の先生もあり、早めに起床する。思い掛けぬ迄も早く薪が燃えついた。実に気持よく、よく燃える。先日の薪取りの労を、あらためて喜ぶ。唯、切る、洗う、煮る丈なら容易なこと、それ迄の陰の力あってこその炊事である。何も体験なり。連日の雨に台所、そこゝ、カビで気持が悪い。帰った後を考えて、隅々の整理をなした。

早目の昼食後、直ちに駅に向う。

延着を待つ間を、椅子に寄っていると、隣りに居られた小父さん達と馴染んで来て、いろ〳〵と話しかけられる。中に曰く――先生達が一番よかですな――機嫌の悪い時も児どんと遊べば面白うなるし、世間の苦労も知らずによいし、品物は持って来てくれるし、ほんなこて――呑気で、長生きしますばい――。側に居たみなさん、異口同音に、「まあ、そんなことが」とむきになんなさったが……。

教育者、如何にこの言葉を聞くべきや。

七月十五日

どうしても、学校へ行きたくなり、とう〳〵家を出た。百米ばかり歩いて小さな流れの側まで来て、家を振り返ったら、やっと決心がつき、駅に向う。我が敬慕措く所なき江口先生、十七日御出発の由、「もう一ぺんは、休みがあったら必ず来ます先生――」と前の休日に云いし言葉は偖置き、やはり何かもう一ぺん御教えを乞いたき気持で一杯なり。

田浦着、学校までの道々、下校途中の児ども等に逢う。嬉しいこと限りなし。遠くより我が姿を指差しつゝ走り来たりしが、つい側まで寄ると、キャッ〳〵声を高く笑い乍らすり抜けて了い、後に立って微笑している男児、早く帰ってこの児達と生活したいものと思う。

折よく今日はお別れの宴の由、全職員集合されており、丁度よかったと喜んで下さる。

「何もお世話出来なくて済みませんでしたなあ」と沁み〴〵のお言葉、唯、郷土の先輩の人となりの後を辿りつゝ、今後決戦教育道を行きたいものと思う。

児らも師も征き〳〵かくていくさ勝ち

七月十八日

農林校にて、畜産方面の指導講話。

農林経営三要素　・土地　・労力（畜力）―牛馬、かゝる折柄、それを人力に代える　・資本（資材）―肥料（厩肥、堆肥）、種苗、材料、飼料―繊維を消化する

家畜の重大性を認められるに至った事、その飼料について

　藁、草（青草、乾草）等々繊維質なり。

蛋白質、脂肪、炭水化物

　こゝの所で居睡りをやらかしてしまったが、世にむつかしいのは睡さをこらえる修養である。

家畜の飼養管理

　飼い方、手入

飼料＝切って与えぬと損失料が多い。よく交ぜて。切藁、切草等は他の飼料の消化を充分にする。

調理法＝ある丈の営養を出し尽くす。

手入＝人間と同等のつもりで取扱いをなすべきなり。

七月二十五日

誰に聞いても

「うちの校長先生が……」一番好いらしい。故に「うちの校長先生が……」気掛かりらしい。むべなる哉。そう無くては、ならぬ。

偖《さて》、うちの田浦の父さん、相変らずのはげ頭が何となく懐かしい。校長会議場の佐敷校の職員室の窓から、心配そうにきょろ〳〵覗く吾の視線の中に、いきなりひょいと例の頭が出で「ぬしが来とっとにどうし来んでんおろうかい」と、――父ちゃん、きつかったろ――とは其の時の胸のうち。午前中、魂こめし藁草履、二足、一足は、青年学校長に、これも校長先生が気の毒さを押しはかりたればなり。

醸こそなけれ、吾への手みやげを抱きて老骨を無理に運ばして実照寺まで同道願う。三歳の童子に返りたる心地とや云わんか。何となく嬉しく甘えて見たき心地なり。

三々五々、父にすがる子の姿、いと美わしく、暫し実照寺、談笑につゝまれたり。

児童と教師の場合も斯くあらんか。心を知り知る、すべてをとけ合う所に教育が存在する。

考えようでは、物事すべて、吾が五体をつゝむ＝（見るもの・聞くもの・感じるもの）

七月二十六日

第三回の薪取りの日なり。

道遠く、荷車また馴れぬ肩に痛し。

人々の汗、やがて言葉となり、行動となり、ともすれば、路傍の石に寄りて……。

されど、山、川、木々、未だ我が心に通いくれるは、道子嘆を発する勿れ。

人多き人の中にも人ぞなき　人ぞなぜ人　人ぞなれ人

七月二十九日

休養日、宮本武蔵を読み感ずる所あり。一節を記す。

——生命を愛する。

ということは、死にたくないということゝは、たいへん意味が違う。無為な長生きをすると云う事ではさらく〵ない。いかにして、この捨てたら二度と抱きしめることの出来ない生命を意義あらしめるか——価値あらしめるか——捨てる刹那に、鏘然とこの世に意義ある生命の光芒を曳くか。

問題はそこにある。何千年何万年という悠久な日月の流れの中に、人間一生の七十年や八十年は、まるで一瞬でしかない。たとい三十歳を出でずに死んでも、人類の上に悠久な光を持った生命こそ、ほんとの長命というものであろう。またほんとに生命を愛したものというべきである。

人間のすべての事業は、創業の時が一番大事で難しいとされているが、生命だけは終る時、捨てる時が最もむずかしい。——それによってその全生涯が定まるし、また泡沫になるか、永久の光芒になるか、生命の長短も定まるのである。

連日の空襲でしみぐ〵生命ということを考えさせられる時、味うべき言葉。然し其の生命の愛しようがあり、帰する所は、皇国民として自己の生命の愛しようを、そして教育者としての愛しようを考えざるを得ない。

サイレンが鳴ると無意識な位、頭巾を手にし、爆音がわんく〵頭の上まで来ると、何度経験しても胸がドキ〳〵するのは私一人ではあるまい。勿論、それは本能から来る死への恐怖が多分にあるのだと思う。死ぬかも知れないぞ！　死ぬなら見苦しくならぬようにしなければ、と、敵機を睨み上げる。でも其の時、胸にそっと手を当てゝ見るがよい。結局、未だ生命を愛するが故に愛しているのではないらしい。

教育者として、如何に此の生命捨つべきか。如何に愛すべきか、如何に生かすべきか。

八月六日

防空学校指導員　松原先生講話

天皇に帰一し奉る教育

火に勝つこゝろ

エレクトロン　爆弾に注意＝周囲に水

油脂　　　　　真黒の煙と、真赤な火炎

黄燃　　　　　ガスに注意　こさぎ取る

昼域燃夷戦法＝じゅうたん爆撃

標　　　　　爆音がしたら学童すぐ待避

小火――一軒以内　小型鎮火、中火――二軒、大火――百軒
送水は廻転注水
大（天井、屋根など）、中（軒先、はり用）、小（人畜用にも用いる）の火たゝき

待避の要点と重要性
分散待避、厚着
横穴＝厚みのあるもの、十五米以内は危険
指名点呼、爆音の方に向けて待避せよ。（低学年）鼓膜の為の綿
救護――止血がもっとも肝要。モンペ――活動方面も、そしてより以上心掛くべきは死装束
ライト一万、天窓二万米《メートル》上空から見える。
紙の爆弾　恐るべき、種々投下物は絶対拾うな、児どもに

城　先生

八月七日
決戦分散教育下の理数科算数について
○正しい広い世界観からして

すべてを皇国民としての錬成たることに帰一させる。

戦うヨイ児の育成。父兄の教育。

○物事を、正しく見、精しく考え、正確に処理するの骨だけでも（所謂根本をなすもの）教授する事によって決戦分散教育となすべし。

講話愈々《いよいよ》酣《たけなわ》ならんとすや、敵、来襲、たま〳〵裏山に待避、三度目には、町内に落下せるらしき爆弾の音したり。機銃掃射音を頭上に体験せられるゝは始めての方々もありたる如し。

午後　地方事務所経済部長談

分散教育上に於いては、

率先垂範――それも、やり通すことである。

○作をつくるなら地をつくれ＝足下のぐら付かぬ教育。

農村指導者としての重要位置にあるの自覚。＝農村を知り、農村に入り、農村人たるべし。或いは社会全般に亙り、

決戦に必勝するの道は、只、食糧大増産と航空機増産をおいて他になし。

甘藷の葉を使用すること、錬成所始って、はじめての事ではあり、部長招待？の夕飯にいさゝか気遣いする。思ったより美味にして、これからの食生活に心強さを覚ゆる。山あり野ある限り、大和の民は飢える事あるまじと云うべし。

爆撃の為、電気つかず、早く就寝。

八月八日

五時、いつもの如く起床——、結髪を済ますや、朝の行事を抜き、学校園の田にし取りに向う。生憎と校長や作業主任不在、加えて現地の水の関係等から取り止め、甘藷のつる取りに作業を変えて帰所。うるさき敵来襲に、一々待避も面倒臭き儘、後には裏山の土手っ腹に身をゆだねつゝ、作法要項講義を聞く。

作法も作法であるが、形よりも先ず心である。しきりに其れの痛感される此の頃である。生半可な女学校教育は、ともすれば虚栄心的教養人を作り上げてしまう。女学校教育が然らしめたとは、敢えて云えぬまでも、女学校卒業のお嬢さん連に、そんな人を余りに多く見るのは遺憾な事実である。これ等の所謂教養人連は他人の不行儀等、欠点を見抜くに極めて敏感であらせられる。そして曰く「矢張り生れが生れなら……」とか「躾が躾なら……」とか、種々感心する位な知識で以って実にうまい御批評振りである。が、其の位な知識を持ちながら、何故に批評をする自身に、態度に気付かないのか。其の得意（だろうとしか思えない）な顔付きを見よ。白粉の下の目を見よ。折角の赤い口紅がどんな風に見えるか、実に情けない限りではある。これらの人がすでに半分は成人している方々丈に、なおさら忠告しようにも方法に困る所以である。困った事だと思う。

八月十一日

敵機来襲す、落ち付く心なきまゝ、おろ〳〵と山行きのみにて一日暮れにける。此の頃、精神力の何たるやを疑う。こは我のみなるや……こんな筈ではなかったが、こんな弱さで如何にすべき、等々、何処にか支柱を握りしめて居りたき心地なり。そを探すに、心くた〱の此の頃なり。附近の藁屋四軒ばかりなるが焼失せり。煙いつまでもくすぼりて、夕つ方、錬成所応援に出づ。ポンプ押さるゝ掛声、なか〱に威勢よし。

鬼塚校長来所、交々に今日の空襲を慰め合う。突然、解散すべき錬成所の現況

九月十三日

森主任

学級担任者としての固い信念に生きよ。

一、登校下校

おくれるな。服装。通路変更。挨拶。答礼。

（各方面に目を配るべし）教師からでも礼をせよ。

其の場教育（親切）。神社仏閣前の礼（奉安殿）。

先輩に敬意を。

二、出勤時の礼法

英霊、校長、首席、同僚、出勤簿

黒板面に気をつける。教室の整理。

三、下校時

教育生活反省、教室の整理、勤務完全遂行、挨拶

四、参観

神仏を敬し、神仏に頼らず。以下西訓導

情を育む歴史教育

一体　対人的に＝相手の肚《はら》に赤心をおく。

教育の実際部面において

国家主義にしろ自由主義にしろ普遍性がある筈なり。

九月十四日

我問う、

「終戦の大詔を拝した時の特攻隊員としての御気持、又、其の雰囲気を伺いたい」。

斎藤訓導

九月十五日

錬成＝意志の養成、皇民感、日本的情操

陶冶、肉体的、真理的、学究的

芸能教育の本義、

一、芸能科と「孝」

本質をなすは〝孝〟　自覚＝生む　生まれる
我あり（個人主義が生れる）
活かす意志の尊重の根源は現人神にまします。
所を得て、生まれたもの――文化を財として、
生むものを摘んでゆく、
主我、無我、は矛盾しながら高い所で一致をしている。
芸能――墨絵――無我によって活かす
芸術――純粋を尊ぶ、抽象的
生むもの、を忘れず生まれたものにとらわれるな。
日本史、日本の伝統――国民生活↓国民教育↓芸能＝音楽、図画、工作、等々

芸能と国家
　政治と文化
　　相対立し、相一致して、一体となるもの、
　　　――媒介として――全と個
敗戦に伴う音楽の悲境からの政治と芸術の不離感、
国民生活と芸能科
　生活の美化、日常の生活の中から出るもの、
　あらゆる生活から美を発見するこゝろ、

美と用？　そして結びつくところ。

九月十六日

錬成所の最後の日曜日の一日を海に求む。舟艇に乗り込みし頃より小雨……我日直の赤腕章の手前、事毎に気を使う。同乗の将校を見やる自己のまなざしにさえ、一々神経が要る――この心理を乙女等、何と解するや。

目的地、海浦《うみのうら》

エンジンの音に心もゆれつゝ暫しうとくくせしも、しきりに〇〇少尉の名、先生方のお口よりひそくくなり、人格者とは兼ねて聞き居りしが、未だ紅顔な面影のうちにそれと匂い出づるものあり、我も人影より度々盗見せる事を白状すべきなり。

思うに――

多くの人の面影をうつす事はたやすき事なり。されど一人のひとのこゝろをうつし取る事はざらにあるものにあらず。面影は次々に消え、心はとこしえに残るものなればなり。

九月十七日

干柿火力乾燥。

適摘する柿。

気候＝軽い霜が一、二辺降った後、色づいた頃

T字形　切り方、傷つかぬよう

1、形を揃える　土間に展げる。（水分蒸発）、交通作用（しぶ）、追熟、二日間位　傷物えり出し

2、むき方　臍《ほぞ》を残す　布巾で拭く、美しくなる　入れ物にそっとおく

3、容器　高さ――五尺五寸

4、燃料　練炭

一番に容器を暖めておく。練炭を先におこしておく。太いほど日数がかゝる。

五〇匁の柿なら三日間に渋が抜ける。

九月十七―正午）八〇―九〇

十八―十九）八〇

二十）　七五　だん〳〵下げる。

段を時々かえる（一日一回程度）

取り出す時＝晴天がよい。そして天日干、

透き通って来た頃、手揉みをやる。

九月十八日

錬成＝身につけさせる。

III

17 歳の頃の自画像

徳永康起先生へ

——石牟礼道子の若き日の便り

1946.1.15-7.21

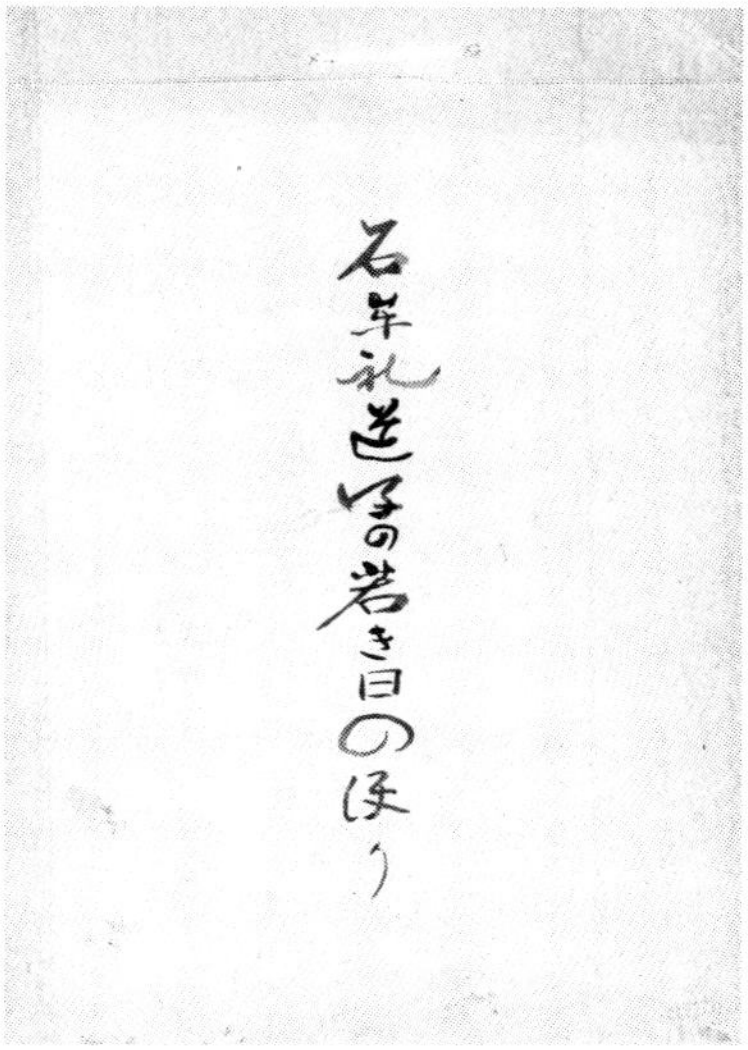

徳永康起氏自筆

徳永康起氏は、石牟礼道子の代用教員としての錬成所時代の恩師である。徳永氏は熊本県内最年少の三十五歳で校長に就任しながら、五年後に自ら降格を願い出て、生涯一教師を貫いた。教え子たちには毎日はがきを書いていたという。代用教員になってからも手紙で悩みを相談するなどしていた石牟礼道子からの手紙は、徳永氏が綴じて保管していたようだが、二〇一三年、ご遺族から石牟礼道子宛に送られてきた。

（編集部）

片1

（父、母のひとみを見たりければ）

。自殺未遂われをまもりてよもすがら

明かしくひとみ言ふりもせず　一月七日

。静かなる吾にかへれを山にゐて

海にむかひて目をつぶりゐる

。こゝにして空のひろさを思ひゐる

有明海と島と帆とわれ

徳永先生　三十一日にはお伺ひするつもりで

をりましたのですが、母が、ボタ餅のから芋

むきで手を怪我しましたので、とう〱来ら

れませんでした。そして、

児ども達と二週間も離れてゐたり、したものですから、いろく淋いものが胸に溜まり切れなくなつて、大した考へもなくてつい悪い薬を呑んでしまひました。けれども運命は必然で、そして私に生を與へました。子どもによつて生かされてゐる有難さ。と先生がおつしやつて下さつたことがわかるやうな気がいたします。

運命の導くまゝに静かに此の身を任せう

(父・母のひとみを見たりければ)

・自殺未遂われをまもりてよもすがら

明かしてひとみ言《こと》ふりもせず　一月七日

・静かなる吾にかへれと山にゐて

海にむかひて目をつぶりゐる

・こゝにして空のひろさを思ひゐる

有明海と島と帆とわれ

徳永先生、三十一日にはお伺いするつもりでおりましたのですが、母が、ボタ餅のから芋むきで手を怪我しましたので、とう〳〵行けませんでした。そして、児ども達と二週間も離れていたものですから、いろ〳〵汚いものが胸に溜まりきれなくなって、大した考えもなくてつい悪い薬を呑んでしまいました。けれども運命は必然で、そして私に生を与えました。「子どもによって生かされている有難さ」。と先生がおっしゃって下さったことがわかるような気がいたします。

運命の導くまゝに静かに此の身を任そうと思います。与えられた一瞬々々の小さな波に忠実に乗って行こうと思います。過去のすべての悔と未練を捨てようと思います。明日もまた明日のみに任せることにして、いけませんでしたら――私の今思っていることが――何とぞお導き下さい。

唯、三学期を、唯一生懸命やろう、一生懸命児どもと暮らそう、と思います。

先生が書いて下さいましたお手紙をよく出して読みます。宮沢先生のうたも、いつもしんみりいたします。

先生、島木赤彦の歌集をお貸し願えませんでしょうか。先生から錬成所の黒板に書いて戴きましたあの五首が、何故かしんみりといつも心を流れているような……気が致してこゝろひかれます。

大毎の十四日の「天皇制の由来」お読みになりましたでしょうか。私たちはどんなに考えればよろしいのでございましょうか。若さというものは、なかなかかたまり難いものでございます。

ペンをとる気になって、今、こころを洗ったようなよろこびを感じて。ではごめん下さいませ。

一月十五日夜

吉田道子*

徳永先生

*石牟礼道子の旧姓——編集部

〝熊沢天皇〟

矢張り先生、心が騒ぎます。何だか大変なことになりそうな気が致しますのは、私の思い過ごしであれと念じています。とは云うものゝ余りに息づまるものを感じさせられる昨日今日でございます。

私ばかりでございましょうか。

日本の、み国の、本当の
大きな不幸が、世界の冷視の中にのた打ちながら転げ出るような気が致します。
昨日又、軍国主義払拭の名の下に、かずかずの品を学校で焼きました。想いをこめた一色の煙が、空に吸われるのを三時間ばかり見送りました。一人の若い復員の先生が先日迄軍靴であった其の靴で、大内山の松の色に囲まれた二重橋の御写真を火の中へ踏み込みなさいました。日本が燃える、そう思いながら、断じて感傷ではないぞと思い乍ら、泣きました。「マアッ　何をなさるッ」そんなことばを押し込めて、静かな怒りが胸の底に燃え続けています。

とにかく何か御聞きしたいとそう思いました。児ども達に、熊沢天皇等と聞かれたらどうすればよろしゅうございましょうか。

かしこ

一月二十二日

吉田道子

徳永康起先生

（今日は、振って御《ゴ》らんになっても大丈夫でございます）

今夜は配給のあった石油を差しましたので、豆ランプがよく明ってくれます。

水俣もそう田舎では、ございませんのですけれども、こゝ十二、三軒、今の此の世に電気が来てくれません。こればっかりは困ったものでございます。

今朝は汽車の中で大へん乱暴なお手紙を差上げました。

失礼もしたものだと思い乍ら、今又、お便りを拝読致しております。

道夫さんのこと、何だか嬉しくなりました。私がおばさんと云われるようになる？　見たこともない道夫さんのお成長振りをあれこれと想像して心楽しくなりました。よきおばさんになれるように今から心掛けて、この有難さを失わないように致しましょう。

「国民教育者の道」「赤彦歌集」共に少しづゝ読まさして戴いています。有難うございます。読んでしまったら今度は仏教に関するものは御持ちでないのかしらんともう欲を出しました。――仏佗、静慮――もう少しくわしくしんから知り度いものと思いまして。

先生、先生が合掌とお書き下さいますが、それがしみぐ〳〵今日などは、私にも手を合わせたい気持ちが沸いて来ました。「深思い、なすべき仕事が先生に沢山あるかと存じます」との御言葉、ほんとのような気がします。死にそうな時に先生が現われて下さいました。そして亦今日は、先生のお話しを毎朝のように噂し合う。分教場の一緒の財津先生から見せて戴いた九條武子の「無憂華」の中に
　大いなる　ものゝちからに引かれゆく　わがあしあとの　おぼつかなしや
と云うのがぴったりこゝろに吸われました。あまりにも今の心境を如実に語ってくれていて、生かされて行く運命の神秘さと云うのでしょうか。こんなにしんみりと生を味わったことはございません。私のようなものが、み国人のひとりとして生かされてあるかと。そして、〝同志〟と加えて下さるかと。どうぞお導き御願い申し上げます。児どもらの将来の為の自分の苦しみとは今まで存じませんでした。

免田の生徒さんのお話、感慨深くお聞き致しました。「よかったですなー」「弟さんの早う帰って来

らすと、そるが一ったい」。とそれぐ船場先生や今村（田浦）先生、溝口先生方と御しあわせを祈りました。児ども達と私たち(平松、財津先生＝この先生は、錬成所で一時間、徳永先生にお目にかゝったとおっしゃいます、教育召集の時だったとか＝それに私、そして女ばかり三人います）の家は、駅を下りてすぐ、工場の社宅の中の、そして工場から寮であったものを分散時に借りた儘、其のまゝになっており、一年、二年、三年と三学級おります。本校の増築がどんぐはかどっていますが、住みついて見ると、こゝにいるのもいゝなあと思います。休み時間の児どもたちの生活と云うのを其の儘見ることが出来ますし見せてくれますし。けれども矢張り此の児たちよりは大人のせいか、ときぐ「フユジ」のクセを出してしまいます。「先生、ナワ飛び、先生、連取り、先生、外に行きまっしょい」と口々に云いますが、私の幼い頃もあんなに元気がよかったがなあーと此の先生思うばかりで、仲々御腰の上がらない時もございます。「ウン、ウン　アーイタ今日は先生やサムカ」斯う本音を出すのですが、此んな時の先生の気持はとっくに察していて、「先生、かげにいると肺病にかゝります。お日さまのところではバイキンは死にます。大人も風ん子」と私の口調を真似て窓をゆすぶってはやし立てるやら、果ては座っている椅子を引っくり返すやら、オーバーを引ったくって逃げるやら、矢張り走らされてしまいます。もう此の頃には、先生と一しょに遊び度いというよりは、こんな騒ぎの中に興味を持っている児ども達ですけれども、過日、用事あってこゝによられた、本校の私よりも若い先生、――まあ、先生も大へんねぇ――沁々と同情？　して下さったのには、苦笑してしまいました。〝悪坊主〟それが児どもでございますもの。

写真は生憎と、先生になってから一人でとったのはございませんので、錬成所の時、班別にうつったので、よろしゅうございましょうか。これは、大へん美しく出来ていますので見合写真に取っておくつもりでしたが、途中でお逢いして、「先生」とお呼びしても、「ハアーどなたですか?」などと云われては、少々悲しいと存じましたので、切り抜いて見ました。お思い出しになりましたでしょうか。近頃は写真も米を食うとやら。写真も米を食うそうですから当分うつりません。なぞと実はふところが寒いのかもしれません。

今に寸分違わぬような自画像を書くつもりでいますが、此の自画像と云う代物たるや仲々おいそれと出来かねますので、何時のことになりますものでございましょうか。

津奈木行き、大へん嬉しゅうございますが、「私は行けないかも知れませんが」。の御言葉が気にかゝります。此んな時には早く年を取っておばさん位になって、どこへでも一人でひょい〳〵行けるようになり度いもんだなーと思います。

椎葉先生は私が卒業してから実務にいらっしゃいましたので、其の後あのお方ですよと、母校を訪ねた折に、恩師から教えて戴いて御顔は覚えていますが、御話伺ったことはございません。今は実務学校にはいらっしゃいませんのですか。

今日は「政治的に見た天皇制」と云うのを読みました。むつかしい訳や、文句なぞは、私は云えませんので、にらみつけてやるような、やり度いような気持で読みました。

けれども私は非常に不安でなりません。今の此の世の中の、特に私と同じような若い青年達が一体どんな気持で新聞を視、考えているのか、一人一人に聞いて見たくてたまりません。先生のお導きが無かったら私も迷ってだまされたかもしれませんので……。先生にひとつ、此の問題に関して、講演会かなにか開いて戴いたらと思いますが、如何なものでございましょうか。言論の自由とは此んなものに使うべしと思ってよろしゅうございましょう？

今一時打ちました。けれども、先生には、一日に何通もお便りが参るそうでございますから、今夜なんかもお忙しいだろうと存じます。長々と書き流しました。これは相対観から発したものでございましょう。私も合掌と書き度うございます。

一月十九日　　吉田道子

徳永康起先生

二月二一日

〝乞食行〟とは、まあ、と先生の御言葉尻の「……ですモンナア」と云う口調をなぜか思い出しました。

林田先生は私よりも一つお姉さま、教育界に生まれて来て、そしてその遠い歩みの途中に相逢うひとびとの尊さの前に自分の小さなみにくさを持て余してしまいます。はるかな行手のことをお聴きしたりして、幾刻なりと道連れをさして戴けるならばと有難く存じました。

今日は転任希望申告の日でございました。

葛渡校に、若し出来るようだったらと私も希望致しました。先生がお帰りになりましてから、もう一ぺんお伺いしてよく御聞きして葛渡へ行って見なければならないと思っています。北原先生や工藤先生の御話しを私も行って御聞きし度うございます。

二月二十二日

林田先生が先生の住所を書いて下さいました。溝口先生が本校から先生のお便りを持って来て下さいました。昨日それぞれ戴ける筈だったのだそうですが、汽車通いは、いさゝか惜しいことしたと思う時がございます。

男子師範宛にすればよいのか、それともお寺か、でも方々出てお廻りのように聞いていましたし、そしてお帰りなさる前まで熊本へ着くのかと心配致します。「眼底に塵あらば三界みな暗し」。つくづく痛み入ります。私なぞ塵だらけな存在だと思われます。お便りの熊本と云う字の上はアイタこんな字があったか知らんと暫らく困りましたが、溝口先生と、まあまあと笑ったことでした。お腹の工合はどうでしょうか。

吉田道子

徳永先生

もう御帰りの頃であろうと、御様子を聞きたく思っていましたけれども、帰りの汽車がおそくなってしまいました。矢張り昨日お帰りなさいました由、お疲れさまでございましたでしょう。

早速の今朝の何よりの御土産、心に沁みて有難く存じます。分教場の同勤の財津、平松先生にも同じ有難さを御分ちしました。横居木《よこいぎ》と云う山の上の分教場にいらっしゃる山口朝子先生にも近く読んで戴き度いと存じています。

先生が山口先生を御知り下さいましたならどんなに御喜びかといつも存じていますが、時々逢ってよく先生の御噂など致します。このような人になり度い、この人の足跡でもいいと探って、探り出しきれたならどんなに嬉しいことであろうと、山口先生の目ばたき一つにさえ憧憬？（とは切実味が伴わなくて物足りませんが）を寄せているのでございますが、本当に横居木の子どもたちの幸福が思われます。この人をおもうこと、林田先生に御逢い出来たこと。あれもこれも、本当に何といったらいゝのか、只もう有難さと、自分のすべての足りなさ、そして毎日同じ悔をくり返す不甲斐なさと……どなたに聞いても、「足りない、自分が至らない」とおっしゃるのに、この私はそんならどうすれば、この私はそれならどれ程浅い日々を送っているのかと空恐しくさえなって参ります。自分自身の育ちが子どもを育てる意味のことを聞きもし、読みもし、するのでございますが、自分の育ちの後をどう探って見ても、見出すことは出来ません。悩みの中に安らう気になれません。

一生何ものかを追ってゆくのが人間だから、とそんな言葉で結論づけて気休めにしていていゝものかしらと矢張り考えてしまいます。先生でさえ、まだ「足りなかった」とおっしゃるのに、もう何とも私は申訳ない気で一ぱいでございます。

あと一ヶ月の〝私の子ども達〟との暮しに想い至ると、いても立ってもおれないような気が致します。「種を蒔いておく」と云うことゝ、「理想的現実主義の立場よりなさねばならぬ新教育」。少しわからなくなりました。先生もっと具体的にお話を伺い度うございます。

日米親善令嬢云々、黒パヒリオ、と、グヂャ〳〵の熊本と、読めず、わからず口惜しかった漢文と行って見たいお寺と、佐敷校宛のお便り、林田先生の御好意で読まさして戴きました。

「日本の女は五分位は」「いやわたしの目では八分位は……」と復員軍人らしい人たちの車中憤激談を聞くともなく聞いて心淋しく存じているのでございますが、「日本は滅亡しますよ」「あゝ女でね……」等と聞くとき、何とも知れずこころが燃えて来ます。

「同志同行」は国民教育者の道の先をお刷りになることと存じますが、後でまた味読させて下さいませ。赤彦も有難うございました。

二月二十七日夜　　　　　　吉田道子

徳永康起先生

本当に来て下さるといゝがなあと思っていましたのに、昨日は有難うございました。むさ苦しい所なのに、其の上何にもございませんで、お気の毒でございましたが、でも大へん嬉しゅうございました。今夜夕食後、又先生のお噂が出ました時、ふと昨日の父の言葉を思い出し「(どこさね転任になるもんやら)と云うたって、徳永先生のおすゝめを受付た事もあって、葛渡を希望したですがな」と、そんなに云いましたら「アラマア馬鹿、そげんこつば、なして早う云うて聞かせんじゃった」と大そう叱られました。「それでも云うたごだる」と考えて見ましたが、「こらまあ、お世話をかけていますが、と其の事についてお礼を云い度かったのに、こういう気の毒なこたなか」と、油を絞られると云ったらございませんでした。お詫びを必ず一言書いて出せ、と父は云い云い、今床につきましたようでございます。

お客さんも今日等大へん元気でございます。

エノホン等をパラ〳〵めくっていましたが、フイに顔を上げて、「アタシネ、加古川へ行こうおもって汽車に乗ったんやけど、下りるとき、わからなかった」と細々ながら話しかけたり致します。欲しそうにしていたカライモを、今日お昼に始めてオカユに添えてやりました所、とてもおいしそうに食べました。そして、「大阪ネ、お米の配給の時、オイモ貰って……」先は聞きとれませんでしたが、カライモ食べて、大阪にまだ正常な生活をしていた時分を想い出したんだろうと思って、ほんとに可哀想になりました。柿の図案を見て、「コレ、ワカラヘン」と私の方へ向けたり（これは何と云うのでしょうか、ピンセットの大人みたいなもの）この絵を見て「コレ、果物を挟むんヤネ」等云ったり致します。この子がモノを云うのが一番嬉しゅうございます。快復後には、どこ其処へ連れて行こうと考えると子どものように浮き浮きなります。けれどもまだ表情にちっとも変化がなくて、「あゝあの唇をちょっと横にひらくと笑顔になるんだがなあ」と心の中でハヤシを掛けて見ますが一向に、矢張りシャレコウベ型の顔付をしています。どの位経ましたら丸い頬っペタを撫でゝやることが出来ますやら。

今日は、いよいよ辞令配布の日、いずれとも天の命ずる儘に、この身を任します。田浦の子ども達にも申訳のないことばかり残しておりますし、林田先生も、どうお定まりになりますやら。願わくば、よりよきものであれとお祈り申上げます。

二十九日付の手紙、谷口先生にお逢いする機会を危んで、弟にポストに入れるように頼みましたところ、今朝、忘れたと云って持ち出しましたので、何だか変ですが一緒にお読み下さいませ。

三月二日

吉田道子

徳永康起先生

御叔母様のこと。

常々先生から御伺いしていて、逃れ得られぬ悲しみの一つか、等と日頃思っていましたのに、事実は、……一つか……等云う客観的なものではありませんでした。何となく私たち――と、――先生と――の心の有り所の、余りもの違い、ひらき――そう云うものを痛感し、野辺送り迄心を通わせて見た時、申訳けないような気が致します。

繰返し拝読しつゝ、只管《ひたすら》御冥福お祈り申上げます。宿直室に御自炊とお聞きした時、まあ、それでは……と考えてはいけない事を、と思い乍ら考えていました。人間としての感情を有する限り、此の世の中で〝死別〟と云う事が逝《ゆ》く人にも、葬《ほうむ》る人にも、悲しさの極みであり、それこそこれ以上のものはございますまいに、死別の一歩手前の紙一重の間迄行った私には、それがひしくと判るような気が致します。謹んで合掌いたします。夢に申されました叔母さまのお言葉は、霊夢でなくて何でございましたでしょうか。ある限りのものを出し尽して御看病遊ばされた先生への せい一杯の叔母さまの御心の最後の燃焼が、宿直室まで大野の山里から燃え移って来たのでございましょう。けれども其れが本当のものであればあるだけ、お悲しみもさぞと申上ぐべき言葉もございません。

ふるさとの土に抱かれたいと云う最後のねがい、さもこそあれと我が来し方をかえり見てなお、御同情に堪えません。一人で死んでゆくと云う事がどのように心細くどのように淋しいことか……けれども、いまわの極を主とマリヤに託してお眠りであったろう事を想い、唯御安らかであれとお祈り申上げます。

山口先生に迄本当に有難う存じました。明日卒業式に下りていらっしゃるでしょうから、早くお渡し申上げたいと思っています。どんなにか御喜びであろうと心楽しく待っています。

渦中の世相の中に、何となく力強い阿部文相の存在は、ことに教職にある身にすれば有難い限りでございます。血潮の中から（敗戦日本国民としての）新聞紙上へ幾度か拍手を送ったことでしたのに、此の度は亦、お蔭様で大事なものを得さして戴きました。

此の頃は、村の青年団が総出で倶楽部に張り込み、深夜、畠を廻るそうです。カライモ泥坊がヒンピンなのだそうでございますが、一向に捕ったと云うことを聞きません。捕ったと云うことを聞き度くもありません。……泥坊が増えたそうだ、……捕えたら唯じゃおかん。……そばってん、此の頃ん、泥坊にゃ、反対に打たるゝそうな、……カライモガマの番に行った爺さんが帰って来んので夜明方に行って見たら枦の木にくゝりつけられてカマの中は、空っぽじゃったげな……等々。

話を聞く間にも今日は此処、昨日はあそこだったと次々にカライモガマ異聞は続きます。

私たちの仕事に対して、限りもない遠々さと、不安とがそぞろに体一ぱいに音を立てゝ広がるような気が致します。

受験生と自炊生活、と斯う考えたばかりでも何だか、睡眠不足にかかられていらっしゃるような御様子を想像致します。本当に私たちはまだ罰が当りそうで……。

其の後、林田先生にお目にかゝれないかしらんと鉄橋の所で首を伸ばし伸ばしするのでございますが。

三月二十九日　　　　　　　　　　吉田道子

徳永康起先生

十五日

受験、受験で此の頃のお忙しさもさこそと存じ上げます。水俣へも其の後ちょいちょいお出での御噂を聞きましたけれども、お疲れさまでございましょう。

若葉と云うものは本当にいゝものだ、とこれは、深川からの線路を葛渡の学校へ行く朝風に誘われる毎朝の想いでございます。流れて止まぬ谿流の音と、両岸に続く山々の芽立ちと、菜の花の霞と果しない夢を呼んでつづくげんげ田と、線路に匂うすすみれと、何も彼もが無意味な存在を否定しているような息吹きを感じさせてくれます。

まだ幼い時分に一度、先生方に連れられて一ぺん確かにこの学校には来たことがございます。校庭で別れがあって、田舎の学校は小さいな、なんて思い乍ら、生意気にも、学校一周をやったとき、植込みの中からがさ〴〵出ていらっしゃったのが、他ならぬ井上先生であったような気が致します。小っぽけな校長先生なぞと失礼ながら児どもの私は思いました。そのような記憶が日を追ってよみがえって参ります。

こも〴〵思いふけりつ、若葉の下に颯爽たる私のさまを御想像下さいませ。胸がはずむと云う言葉も時々はぴったり来ます。

一体私は、葛渡に何しに来た？　児どもがいなくなった小さな机の前で時々考えてハッとする事がございます。この心持ちを分析して見るのが怖いような気のする心、それが本当らしいと思えば、なおさら何となく恐しくなります。それにしても、その様な私ですのに、何時もふんわりと薄い衣にでもくるんで下さるような校長先生方、色んな意味での四囲……此れはきっと二度と来ない有難さだ。私は其の貴いものを何時までも離さないでつかまえて行きましょう。

「どこさん、なおんなはったな。——あゝそう、葛渡、そら近うなりましたナ、そばってんあた、どーし水俣さん来なはらんじゃったかナ。」「はあ、まだ田舎に居りとうございますもん」「ふふーん。ほんなこつな。田舎がよかですな。今時や巡査と先生や田舎がよかちうですけん、——尤も、人物次第ちですばってん――、まあ何にしたっち、そらよかこつでした。」「はあー。」「ほんにかえって田舎がよかったたい。こっちが良うしてやりさえすれば、田舎の人は父兄が可愛がってくるっちうけんなあ、ほんによかった。」

大方の人々、小父さん達小母さん達が田舎に転任出来てよかったと喜んで呉れます。そして定って似通った或る種の笑顔を其の表情に表しているのです。お目出度うと云って呉れる殆んど一人残らずの人々から其の種の笑顔を汲み取ります。勿論それは私に対する大人の（私はまだ子どもでありたいので）人たちなりの素直な好意には違いないのですが……私が喜んでいる田舎の姿と、大人の胸に展開されている田舎のよさとは、どうやら違うような気がしてなりません。若さだと笑い捨てる人々にむしろ秘かに誇をさえ感じます。世間とか世の中とかの言葉のひゞきの中には矢張り、打算や虚偽が渦巻いているように呑み込み勝ちなのは、私のひがみかとも思いますが……。

二十一日

早や四旬近く、タデ子さんを連れて来ての生活を過しました。大分元気付き、此の頃では、兵庫県の八家と云う所に姉さんを訪ねる筈であったのが加古川を乗り越してしまった由なる記憶もよみ返りつゝあります。先方の名前などはっきりしたら一刻も早く探し出してやり、肉親の中に返してやり度く存じます。

此の間、荒み切った魂の上に容赦なく浴びせられる大人の人々の単なる好奇心や、同情の押し付け見たいな言葉を避けてやる事の出来ないのを何よりも済まなく存じています。神、縁、運命、そう云うものゝ中に、此の子と私を見出した時、又は、この子を人間の子と云うけたからすっかり外して唯、猟奇的な存在に置いて眺める大部分の人々を感じる時、感慨無量でございます。つまみ食い、其れに伴う性格のすべてがこの子の性質だとしても、人の子なのに、同じ人の子なのにと、この子を生んだ世の中、この世の中に対して、遣り場のない痛憤を感じます。まだ笑顔を見せませんし、泣き顔も見せませんし、私以外には頭の動作で返事する位、一日中沈黙を続けているそうです。弱々しい、そして、絡みつくような眸の色、世の中で一番の悲哀は、表情のないこの顔付きではないでしょうか。此の子の中にのぞかれる現実の日本の一面……と、それは余りな事かも知れませんが、何だが、肌にあわの感がぞく〴〵致します。

二十九日

えらい書き溜めた手紙ではある。と思えばお恥しゅうございますが、申訳ございません。御病気の由を少しも存ぜずに過したこと心をとがめられます。

林田先生も遂に去られましたとのこと、それこそ若葉の明るさの中に一抹の寂しさを感じます。「林の盛りをよそに別れといえば矢張り感傷がありますね」とおっしゃった、第三校舎の浪人こと先生を思い出します。矢張り宿直室住いでいらっしゃいますか。山本有三原作の〝真実一路〟これは五、六年前の映画だそうでございますが、近来になかった何ものかに音を立てゝ打っかったような気がして。続けて二晩観に行きました。

感情の相入れない夫婦が結婚後十年にして遂に別れる時出来た男の子が、その儘、父の許に育ち、深い慈愛の中に育てられつゝあるにもかゝわらず、死んだと教えられている無情な、自分を捨てて去った生みの母親を慕うと云う筋。なお、其の子の姉は、母親のことについては真実を明かしてやるべきだと父に迫りますが、母親はカフェーのマダムが現存であり、そして、その姉娘は、母の結婚前に出来ていた子を父と結婚後にすべてを理解する父親の許に生み落され、以後二十年、我が子同様に育てられ、幸福な生活を続けますが、父の実子ではないと云う事を探知された為に破談になった良縁のことから、「父さんに何か暗い事があったからかも知れない」と一切を知らぬ儘に叔父に泣きすがり、すべてを其の叔父から明かされて感激する。一方、始めから好まぬ結婚生活から飛び出した勝気な母親、「義夫《ヨシ》の為に帰って下さい」と頼む姉娘に、「あの子はお腹を痛めた子ではあるが私の子ではない。愛情はない、誰が帰るもんか」とそっけなく云い捨てたものゝある夏の日、伊豆の海岸で偶然、生み落したきり十年も逢わぬ我が子と知らず会見、何か心引かるゝうちに、其の事実を知り人の子の母としての本能に目覚め、其処に始めて母親の悩が始まる。とまあ其処で、父の巻と云う前編が終るのでございますが、「大人の云うことなんか当にならないよ」「うん、大人はよくウソを云うね」と云う、義夫の言葉。「恐ろしいのは、事実にあるんじゃなくて、むしろ事実を語らないところにあると思うネ。昔の人は其の事実を語ることは、何か罪悪のように思っているらしいが……」これは姉娘の曾つての婚約者の言葉、其れらの中にあって、終始真実を通しながら、事実を語れぬ父親の苦悩を観覧者の胸をえぐるまで描写してありました。「真実一路の旅なれど、と白秋の詩にあったが君のお母さんや、お父さんの場合にそれがしみぐ\見られるよ。事実よりもウソの方に返って真実が含まれていることがたまく\あるんだよ。」姉娘に一切を教えた後にこう結ぶ叔父の言葉が、此の映画の最高点でありましょう。母の巻が来たら又行こうと存じています。ほんものは不滅だなとつくぐ\思いました。

病人、見違える程肉が付いて来たと近所の人々が云って下さいます。「加古川から高砂へ行って、そこから又乗り替えて八家へ行けば、久保徳太郎、木下ハルエと云う叔父さん夫婦と、久保笑子と云う姉さんがいるからそこへ帰り度い」。と、此の頃では申しますので、先方の消息を問う為に手紙を出しておきましたが、まだ何とも云って参りません。もう少し私に力があれば、と思いますけれども、親のすねをかじっている身であれば……。けれども、元気を出して呉れ、これで一段落と両親、及び、すべてを知ってくれ、相談相手になって下さる方々に合掌している次第でございます。

天長のよき日に　　吉田道子

徳永康起先生

四月二九日

先生　気管支炎を取っつかまえました。転任早々何と云うブチョウホーさだろうとみんなの方々に申訳けなさで一ぱいでございます。学校の事を考えると、全く居ても立ってもいられない様な気が致します。一ヶ月静養の診断書を戴いた時、新学期の夢も空しくなるのかと、本当にがっかり致しました。時も時、何と悪い時にと馴れ初めかけていた子ども達の事を考え飛び起きて座ってみたあとの味気なさ、切なさ、お察し下さいませ。病気の時は、一意病気をなおす事のみに専念するのが教育だと先生の御言葉を思い出し亦床につきます。本当に早くよくなり度いものでございます。

何時もながら、プリントも有難うございました。読書も、書くことも一切止められて、こゝの所欝々たる日々を送っていましたのに、殆んどかじりつくように拝読致し、久し振りに目の覚めるような気が致しました。何、今日は朝から大へん気分もよろしゅうございますので、返って頭のそうじをするのも薬になろうかと存じます。ピンピン病むこと大変難しゅうございます。ちょっとした事にもすぐ神経をとがらせたりなどしまして。ホントによい修養の機会だナーと、沁み〲思います。若いおさない私達の魂は絶えずフラ〲していて、油断をすると知らぬ間に、飛んでもない方向に行き勝ちでございます。絶えずチョイチョイと行くべき道しるべを教えて戴ける事の有難さを病の床には一入《ひとしお》感じられまして、本当に早く快くなりたいものでございますが……。

先生それから、あの子は帰りました。姉さんと叔父さん夫婦が兵庫県の八家にいるから、そこへ帰り度いと、日々云い暮らして……。矢張り肉親の元がいゝのだとは思いましたが、本当に今もいらっしゃるのか、とそれを思うとポーッと手離すのは何だか不安でたまりませんでした。いろ〲駅や、郵便局で調べて見て、便りして見ましたけれども、遂に返信は来ませんでした。警察に調べてもらえたらとすがっても見ましたが、噂通り、要らぬ事をしたもんだとの口ぶりに、近頃斯のやうな味気のない想をした事はございませんでした。

「もう一通り元気になしたのだから、夢中で連れて来たにしろ、其の目的は一段落付いたのだから、此の上は本人の希望通り早く帰した方がいゝ。何、其の年で帰れぬ事はあるまい」。と周囲のものは云います。私にもっともっと力が欲しいと、つく〲思いました。一そ、自分で連れて行こうか等と、思い悩むこと、幾夜、矢張り帰すより他はわかりませんでした。「……そしてもっと他にあなたに与えられている大きな使命があるのを考えなくては、今そんな事で又、病気でもつのっては元も子もなくなる」と終始、万事を共に尽くして下さった二、三の方々、両親、の言葉に従って切符を買ってやりましたが、弁当の用意を手伝い乍ら、常になく笑顔を見せて、歌声まで洩らすタデ子のはずんだ様子、家中で微笑み合いましたが、何か暗然とした割切れぬものの底にひそむものをどうしようにもありませんでした。

特に駅や車掌にお願いして、一番連絡のよい引揚げ列車に乗せてもらいましたが、本当に運のよい事には、サイゴンから復員中だとおっしゃる兵隊さん方の中で、タデ子の乗替えの先々へお降りになる方々が十人位、いらっしゃって、連れて行ってやると口々におっしゃって下さり、すべてをお願いして帰りましたが、何かしら、ホッとさせられました。事にふれ、折にふれ、タデ子の噂を致しますが、今日も、どうしています事やら、……敗戦が生んだことと云ってしまうには余りにも悲しい現実でございます。

（二十六日）

道夫ちゃん、もうどの位大きくおなりでしょうか。一ぺん見たいなアと、ふと考えています。まだ微熱がとれません。又六月一ぱい休養の診断書を戴いてしまいました。二十九日かでしたか、井上先生がお出で下さいましたが、申訳けなさで一ぱいでございました。六月一ぱいなんて、ぐずぐずしていたら一学期は過ぎてしまうのにと心せかれます。よく病む事、よく病むことと、つぶやき聞かせては見ますものゝ……。

病院帰り、友達に誘われて映画館に這りました。(これは少々怪しからんのでございますが、お医者さまには内緒)食糧メーデーのほゝけた表情をした群集が、宮城の坂下門をくゞる所のニュースでございました。

「赤旗、宮城をゆく」なんて説明がございまして、実に実に腹が立ちました。御国をむしばんでいる虫めらが！ と思うと、徳田球一の威張りくさったわめき声が、嫌に腹の中に沁み込んで何だか堪まりませんでした。噂以上に混乱しつゝある日本を見せつけられてしまいました。「国乱れて忠臣現わる」そんな古人の言葉が胸を往来したりします。

六月三日

吉田みち子

徳永康起先生

我儘のまゝに大へん便りを怠けてしまいました。

七月を楽しみに養生していましたところ、「肺門淋巴腺腫」ニツキ七月三一日迄と、又新しい病名を御丁寧にも戴いて、がっかりしてしまいました。

「病人のようには見えない」

と人々がおっしゃるほど肥えてもいますし、お医者さまも「この位肉付きがよくなって来たから大丈夫でしょうバイ」とおっしゃって下さって、程遠からじと色々登校後のプランなぞ立てて、楽しんでいたのでございましたけれども。

転任後、一ケ月も尽していない学校を想い、落ちつき切っていなかった子らを想い、そしてまた、フッと病む身の行く末を想うとき、心の芯を引き抜かれたように頼り無さと、地の果てに吸いとられるような不安をどうすることも出来ません。

いら〳〵する事の悪さを考え、心静かにと努めているつもりでございますが、第一の子らが引率されて甘藷植えに家の前を通る声を聞いたり、泥田に汚れた老いた父やそして母を見ると、つい心が騒いでしまいます。お恥しい程、何だか神経質になり、小さなもの達に当ったりなどしまして……。

忙しい田植えの声の中に一人引き籠っていることを想うと、たまらなくなります。仕方のないことだ、いや、一つのこれも、生き方を与えられているのだと思ってしまうには、まだ余りにも、修養が足りなさすぎます。あせりの方の生活が多すぎるのが本音でございます。ほんとうに恥かしいのでございますけれども。

こんな心境で過しているからでしょうか、近頃ちっとも歌も出て来ません。タデ子のうた、と頭に浮かべて見ても、他事のような気がするのでございます。ひねくり出して見ても、何だか不自然で嫌味があるようにおもわれます。

どうかした、梅雨の晴れ間の夕月の折や、寝ざめの夜更けなどに、我ながら清々しく病みも何も、とかしてしまえるような落ちつきを覚ゆる時がございますけれども、今のところ、暫らくタデ子の歌、おゆるし下さいませ。

田上とおっしゃる私のお医者さま、大へん変った面白いお方です。例の私の人騒がせな事件の時からの縁で、その医者肌の抜けた人柄にすっかりなついて（?）しまいました。あの斉藤寛先生の入院していらっしゃる病院です。

気に喰わぬと、誰かれなしに、控室から病室にまで、ひゞき渡るような大声でかみ付きそうにどなられるので、若い青年の患者（泌尿器専門ですので、そんな青年が多うございます。）なんぞ、診察室の入口からもう目を白黒したり頭をかいたり、何しろ、戸を開けるなり、ジロリと一と睨みして、いきなり、「どけ、遊びいたかいた！　年シャいくつ！」というような工合でございますので。其の一と睨みが、声よりもっと〳〵恐しいそうでございます。とても大きな鋭い目ですが、又それが非常に人なつこく笑う時もございます。熱血漢で引揚列車のお茶接待の世話をなすったり、青年たちの種々の集いの中に飛び込んで行きなさったり、おっしゃることが、どうやら、先生方（津奈木方面なども）のお集りの中で聞いたような事に、又は、おっしゃりそうな——事に似ていると時々思います。先生と、田上さんと、お逢いになるのも面白かろうと思います。きっと両方から、「ヤア」「ヤア」という風になるんではないでしょうか。お年は、ひょっとすると田上さんが三つ四つ多いかも知れません。モラルとか、ヒューマニズムとか、先生の御同封下さいましたお便りの中にあった言葉など、私英語の素養が全然ございませんのでよくそんな事を田上さんにお聞きします。聞くこと以外に御自分の主観など織り込んで色々お話し下さいますが、本当に為になります。よい糧を得ることが出来るとおもえば、此の頃、病院通いも何だか楽しみになりました。田植時と云えば、佐敷の思い出がございます。本当にめまぐるしい一年の来し方ではございました。錬成所の同窓会見たいなのが第二で行われ工場見学もありましたとか。私も行って見とうございましたけれども、仕方がありません。

昼間は、そう特別に苦痛を覚ゆるような事は滅多にございませんが、午後になると、七度五分内外の微熱が毎日出ます。夜、咳が多く、飛んでもなく脈が早くなったりします。何だか呑気な病気です。大抵起きて座っていますが、無理さえしなければ、本当に今私は病気だろうかと思う程でございます。食欲と来たら一人前で——或いはそれ以上に——お医者さまが「脂肪をよけいに摂って、やせないようにしなければ」とおっしゃるのをよい事に、昨日もこっそり、油揚げみたいなものを作って「アレ！田植の馬方さんに食べさせるササガキダンゴのメリケンコは誰が使うたかい」と母の大目玉を喰いました。丸々肥えている筈だろうと思ひます。唯、しょっちゅう物倦くて何も手につかないことです。書いても読んでもすぐに倦いてしまいます。無門の門をかみしめて見たいと、枕元に四、五日前から持って来ていますけれども、一向身が入りません。何にしても早くよくなり度いものでございますが。

吉田道子

七月三日

徳永先生

毎日お暑いことでございますが、大野の山蔭に、先生の一夏の教壇行はどのように盛られているのでございますか。

気儘のまゝに何時も失礼ばかり致しました。

昨日病院へ行き全快に近いこと告げられて、わく〳〵とした心を抑え切れなく、早くお知らせしようと思いました。

焦り切って、（それが本音でございますので）いら〳〵していましたので、ひょかんと腰をすくわれたように、拍子抜けの感がなくもございませんが、それよりも、なおったと思いつくとき、猛然と喜びが沸いて参ります。現金なもので、あれやこれやと登校後のプランを立てて見たりして苦笑しています。

三ヶ月近く、昨日ひと日のような来し方でございましたが、日々に交錯する世相に流れ入って行く児どもらを、一人、病床から眺めることは、矢張り苦しゅうございました。まるで、元気であれば、自分にいくらかでも力を持っているようにさえ思って見たりしたのでございます。子どもらの歌を聞き、子どもらの遊びを見、する時、一生懸命追っかけても、追いついて呼び戻す事が出来る自信がふら〳〵しそうなゆがみを見出します。利己にのみ汲々たる大人たちは、今の子どもらを見ても、唯、困ったもんだと、一応は顔をしかめて見るものの、それ以上の事は当然の如く手を束ねて、まるで他事のように過ぎてしまうものが、余りに多いように思われます。

九月が来るまで、しっかり病気の後さらえを致します。そして、先生の日直の日でも、佐敷へ行き度いと存じています。二学期前にうんと、力を腹につめ込まして戴こうと勝手に張り切っています。

兎に角嬉しくてたまらないのでございます。

近頃、逢う人毎に、「まあ！　肥えたよ！」。と頓狂な声を出さしてしまいます。我ながら益々豊頬が（？）丸みを帯びたかナと撫でて見ては、くすぐったくなります。何しろ、たゞでさえ窮屈な配給御飯ですのに、二十と云う芳紀が顔を赤らめる位なのでございます。

お医者さまの（岩本病院にかえて見ました）御言葉では、肺門淋巴腺の方は、もう心配はなくなったが、十二指腸虫もいるから此の際取ったが、いゝでしょう、何もついでですから、との事です。体は矢張り完全な方がいゝと思いますので、それに、体の中に変な虫がいると思うと御飯の箸をふと止めて、妙な気になる時もございます。家が手空きになったら、入院しようと思っています。絶食を続けねばならぬと云う事には、少々こたえますけれども。

斉藤先生が逝ってしまわれたのは、何よりも悲しうございました。同じ病院で、何だか、日々に衰えてにじみ出るような、お焦りを感じてはいましたけれども、まさか、おなくなりになろうとは、考えもしませんでした。みんなの為にも大きな痛手であったろうと思います。教壇生活第一年目の一番始めから、そしてそれから今となっては御最後の御病床にまで御教えを乞う事の出来た私にとっては、かけがえのないお方の中のお一人でございましたのに。何時か、先生がお便りを下さいましたその中に、「私も二、三年したら、病気になれる自信がつきそうです」とおっしゃった事を、斉藤先生の死と――これは私のつまらない取り越し苦労とわかっていますが――、ふいと結びつけたりなどして、おー嫌だ、嫌だ、と慌てて振りはなします。私は今度程、死と云うものを身近に、そして窮りない寂しいものに感じた事は曾つてありませんでした。一度、死にかけた時にすら、もっと違うものに思っていました。そして病気と云う自分に結びつけて見たとき、今までなかったものを、突然ゾーッと感じました。誰も知らぬ間にそれがソーッとやって来ると思うと、こりゃ油断がならぬ、生を生一ぱいに生き切る事は仲々難しいものであろうと始めて沁み〳〵思いました。溝辺先生の突然の御転任もスッポ抜カシを喰わされたように暫くは他事のように思われましたが、そう遠い所でもなしと思いなおしていきます。どうぞ先生も病気におかゝりにならないで下さいませ。

合掌

七月二十一日　吉田道子

徳永先生

（今、夕立ちが参りました。母たちが「よかウリ（ウルオイの意）ジャ」と喜んでいます。
初じめり　一だんはづむ　手草とり　こんなのがひょっと口に出ました。）

波あらき大洋《おおわだ》の中にたゞよひて人を呼ぶにも似たる此の頃

闇の海のいのちなぞ　いさり火はたゞひとつ波のまにまに消えかぬるかも

逝き来し日　相変りつゝ逢ふひとやおどろき語る人よ出で来よ

乏しらの心にたへぬ冬一と日　針を休めて明日をしおもふ

我が此の身　有らむ限りは餓鬼のごと心ひそみて出で迷ふとや

時たまに金欲しきなぞおもひをり名のみ知りおく本などありて

乏しき日いと早く逝き夕されば教児《こ》らの声のみ胸に残りぬ

ひとりわれのあはれ心を沁ませつゝ乙女にかへり　さびしかりけり

まことなるわれにかへれば乙女なれ捨てがたき夢ありこそもせめ

すめらぎの大き恵に我ありてこゝに細々いのちすがりつ

すめらぎにかへしまつらむ命守り終戦の日を念ひ　かへりつ

今にして大御心をかしこめばいやまさりゆくみ国ごゝろの

ことわりに出でぬこゝろのあつき血の流るゝきわみ　すめらぎゐます

真なる理とや云ふ　人のこゝろあつきものあれば追ひても行くか

かなしげの父母のひとみ沁みれどもなほも黙してさからふ子われ

夕されば　背中をおほふ　悔ごろもかく暮し来ぬ昨日も今日も

居残りの子らとしありて遠き日の幼き吾を語りて暮れし

御言葉をたゞにきゝつゝこの朝けひさぐ〳〵の逢ひ過ぎにけるかも

◎タデ子

新藷の湯気立つ見れば見るごとに胸にみちくるみなしをとめご

ゆで干しの藷をぬすみて食みし子よ諸秋《いもあき》の今をいづこに居らむ

いちはやく追はれるごとく物食ふ癖　腸のいたみのいえぬ子かなし

夢みてのみ笑ふ笑ひを忘れし子うらみも知らずねむる姿よ

泣くことも笑ひも忘れぬすみ食ふタデ子はあはれ戦災の孤児

父も母も家もなしとふ　ふるさとにかへるといふ日一度笑みし子

父母は其のふるさとになしといへ人の子あはれかへるといふか

とゞかざる　大き悲しき力ゆへにひかれてわれを離れしタデ子

ビスケット餓えのなけなしの糧それををさな児にやると己ははまねど

餓えし己ははまねど小さきものへといふタデコの骨はいたくとがりぬ

IV

牀前看月光疑是地上霜
舉頭望山月低頭思故鄉
水俣實務學校 一年 吉田 道子

県下女子中等学校習字展覧会出品作（十三歳の頃）

「タデ子の記」「光」はともに、『石牟礼道子全集
不知火』第一巻を底本とした。

タデ子の記

1946

タデ子が残して行った――いゝえ探さずとも、つい其処あたりの路上や、駅やに、余りにも、あっけなく、無雑作に、さらされている――摑み所のない味気なさ、溶かされてしまいそうな悲しさ、其の中で私はただ、いとも小さな者になって行く自分の姿を見せつけられるばかりで、呆然となってしまいます。

戦災孤児――。

もはや其の言葉にさえ無感覚になっている一つの世の中、往年の物乞いに寄せた嫌悪と、侮蔑と、微かなおそれと、それだけの感情すら、いや〳〵乍ら、後を悔いながら胸を拭っている、モノに、コトに、動かなくなった人々の心――。

戦災孤児に、一体何の罪があるのでしょう。

組立てた骨の上に、ただ、皮というものをたった一枚、不細工に、張りつけたような顔をして、息をしながら、ねむっている駅の片隅のあの子ども達の、しかも、たくさんの姿は、あれは、一体、何の報いなのでございましょう。

一番美しい筈の子ども達が、ぬすむ事を覚え、だます事を覚え、心を折られ、それでも、大人達からは、敗戦したんだから、仕方がない、と極く当然の事のように、ほうり出され、あまつさえ、迫害さえ加えられて、だん〳〵と魂を無くして行きつゝあるのはなんとしたことでございましょう。

親たちは、自分の生んだ子どもだけが子どもだと思い、先生たちは、学校に来る子どもだけが子どもだと思い、其のような事が余りに多いのではないのでしょうか。

曾っては、子宝だ、赤子《せきし》だとされた子ども達、敗けては、もう御宝ではないのでございましょうか。そのような大きな悲しい世の中の力に引っぱられて離れて行ったみなし児のタデ子、そしてタデ子を引きとめる事の出来なかった私の惨めさ、私は唯悲しゅうございます。新しい「から諸」も食べられるようになりましたのに、ほか〳〵と湯気の立つ、ふかし立ての新諸が出来ましたのに、――タデ子は、よく、生の諸の切干のから〳〵したものをそっと寝床の中に、隠し込んで、うかがい乍ら食べていました。――タデ子は今、どこにいるのでございましょうか。あのまゝの様子だと、死んだにしても生きているにしても、本当に可哀想でなりません。

三月の二十八日と云えば未だ、背中の寒い風が思い出しては吹く頃です。タデ子は裸足で、そして、足の骨のすけて見える薄いモンペをはいて、衛生展覧会の気味悪いキケイ児の蠟人形が陳列されてあるように、二十八日の夕方の汽車の中に腰かけていました。

学期末ですし、何かそわ〳〵していて、其の時も転任の噂かなんか話し乍ら、汽車に乗り込んだようでした。

入口の戸を開いた山口あさ子先生が、息を呑み込んだような小さな叫びをあげ、だし抜けに振り向かれました。パチ〳〵、あえぐように見開かれた大きなまなこに、溝口滋子先生も何か車内の異常を直感したと見え私と同時にのぞき込みました。

二年近く汽車通勤していて、そんな車内の雰囲気にふれたのは、初めてでした。夕暮のうすい光線が、それも曇りがかった日和でございましたから、その暗くなりかけた灰色の車内の入口から一番近いボックスの左の窓の方にボーッと、タデ子が腰かけていたのです。腰かけると云うと人間並みですから、そう、まるでペタッと打ちつけられたように、ボックスにくっついていました。そしてまわりのお客さん方は、タデ子の座っている所から、三つ位座を置いて腰かけて、声を出すのも忍びやかに、冷え〴〵とタデ子の姿を取り巻いているのです。

後で考えて見ると、臭くもあったし、魂をすでに昇天させたような、うつろな此の世ばなれした幽気の漂うている（たしかにそうでした）タデ子の乾からびた姿が気味悪くもあったので、それで、そんなに離れて座っていたのでございましょう。

戦災孤児！

瞬間、そう私の胸にひらめきましたが、恐らく二人の先生もそうだったでしょう。私たちは息をつめたまゝ、顔を見合せて暫らく入口を閉めるのも忘れて立った儘でいましたが、誰からともなく、その側に歩み寄りました。それを感じたのでしょう。タデ子は「おや生きている」と、私が内心おどろいたように、眸を動かしましたのです。光を失った眸とは、あんな眸なのでございましょう。それでいて、何かあきらめと云うものを一ぱいたゝえているものがあったのを、すぐに下を向いてしまった、その鈍い眸の中からツーッと私は受け取り、それが今でもタデ子を想うとき一番に心に浮かびます。新聞で戦災孤児が都会などでは、哀れに生きていると云う事は知っていましたが、こんなに惨めな様子を現実に見たのは初めてゞございましたので、私たちは、急《せ》っ込みながら隣りに座って、いろ〳〵聞きながら、ともすれば胸がつまりそうでした。人一倍感情家の山口先生などは、もう涙をこぼしていられました。

地の底からうめくような声で私たちの問に答えたタデ子の答は次の事でした。

両親は家とともに戦災死であること、大阪附近の駅で、もう半年位もごろ寝をしていたこと、御飯は何時食べたか忘れた、オネエさんがカコガワにいるから其処に行きたく大阪駅から汽車に乗った、切符は、もちろん無い、これらの事を関西弁で物倦そうに、それでもすら〳〵答えてくれました。

車掌さんの言では、加古川は大阪の方に近く、下車を命じたが降りず、閉口していると。

此の汽車に乗って鹿児島まで着けば、その先は此の傷めつけられた極みの子どもはどうなるであろうと思いました。同じ人間であるのに、私とおんなじ人間なのに、と、私は早くうちへ連れて行こうと思いました。連れて行って代用食でも、暖いものを食べさせてやり、おふとんの中にやすませてやりたい！　と、それだけを考えました。山口先生は十円札を一枚汚れたポケットに押し込んで下車し、溝口先生は、十字架のついた巾着を呉れて津奈木《つなぎ》で降りました。私は伸び放題の髪をすいてやろうと思いつき、櫛をとり、タデ子のアゴに手をかけ、ギョッとしました。それは全く、骨、と云う感じだったのでございます。私は其の冷たい骨の感触と、ゴマを一面にふりまいたような、シラミの卵を見ましたとき、とう〳〵涙がこぼれてしまいました。

とても、その体では歩けまいと思い、背中を向けてせおったとき、また私は泣き出しそうでした。まるで木のかけらか何かのようでございましたもの。車掌さんは、晴ればれとした顔で無切符下車を許して呉れました。

やせているとは云え十五だと云いますから矢張り四十分位も歩くのは重たく、家の無い川土手あたりで私等は休み〳〵しました。道々、私は色々と私の家のことを話してやりました。

先生の家には、小さな妹や弟や、おじいさんや、お父さんも、お母さんもいて、それらのひとびとは時々、ケンカする事もあるけど、一体にみんなよい人である事、それから、おばあさんは気が違っていて大きな声で叫ぶ事もあるが、恐しいことはないということ、などを話してやりました。タデ子は赤ちゃんの弟は泣くかと聞きました。そして、

「ビスケット、其の赤ちゃん喰うヤロか」

と云います。ビスケットは汽車の中で、よその小母さんが買ってくれたのを今持ってると云いました。

泥中の蓮の花、と云うようでございます。

それにしても、このような心を持っている児ども等の多くが訳なく其処こゝに棄てられていることのもったいなさ、と云いましょうか、実にもったいないと思い、私は慄然《りつぜん》となりました。

家の灯が近付いて来たことを背中に告げたとき、私の弟の泣き声が聞えました。私は、あれは、弟の泣き声らしいと云いますと、タデ子は、背中で、ゴソ〳〵とビスケットの袋を動かし、再び、

「先生、ビスケットやったらエヽ、

「こゝにあるからやったらエヽ」

と泣き声に耳を澄ましているのです。私は返事に困ってしまい「ウヽン」と二、三度くりかえしつぶやいたようです。

異様な私らのカッコウに、母は、幼いものをすかす為の中腰をそのまゝ、小さな弟と妹はケンカの泣き声を途端に止めてしまい、まじ〳〵と等分に私らを見くらべています。タデ子は下ろされるとすぐ無言のまゝ、ビスケットの袋をまさぐり、四つずつ其のまるいのを涙のあとを見せている二人の前に並べ、又無言のまゝ私を見上げ黙ってうずくまりました。死ぬか死なぬかの、ひもじい目に逢いながら、この子はまあと、またしても私は感激し、有難いことだと、深く深く思いました。

それから夜中の一時ごろまで、私の家はひと騒ぎでございました。父は、家《うち》の上の山にいる元看護婦さんを呼びに行く、母は、ゲンノショウコを沸し、祖父は湯をわかし、私は重湯と野菜（たしか、フダン草のようでした）のスープをこしらえました。夜明け前、まどろんだ私を「先生々々」とゆり動かして御不浄にと、起した事が今は懐しゅうございます。久し振りの安眠にタデ子は、翌朝、おふとんに一ぱい、昨日食べたのであろう、いり大豆やビスケットの原型に近いものを下痢していました。

翌日は、学校は修了式か卒業式か、日記もつけない私なのではっきり覚えていませんが、気がゝりのまま、早く帰宅してみると、今お医者さんに連れて行って来たと母が云います。昨日より幾分か見よくなったタデ子は、私の黒い和服式のモンペを、白いさらしの下着の上から重ねてもらい、シラミの髪を刈り上げにしてもらい、ちょこなんと床に座っていました。慢性の下痢症だから静養しなければならないとの事でした。

このお医者さんは田上《たのうえ》先生とおっしゃるのですが、後でも細々と心配してくれ、のちに私が結核になりかけてタデ子とかわって行きだした後まで、何くれと気使って下さいました。或時私が、「ヒューマニズム、という此の頃の新しい英語はなんという事ですか、先生」と聞いたとき、「ヒューマニズムは人道主義ということですよ。アンタのあの児を連れて来たことなど、ヒューマニズムですね。多分に感傷的なものではありますが……けなすんじゃありませんよ(慌てたようにおっしゃった)。ヒューマニズムだなんだ、と殊更《ことさら》らしく、となえねばならない今の世の中は悲しい限りですなア、暁の星の如くリョウ〳〵たるものを探さねばならない当世なんですから」

其処で田上先生は哄笑《こうしょう》なさいましたが、タデ子の診察代もお薬代もどうしてもおとりになりませんでした。私は大変有難く思っています。お医者さん達の世の中でも色々と聞きたくない噂が取り沙汰される近来ですから、ヒューマニズムを云々しなければならないのでございましょう。

いつも新しい青い野菜をタデ子の為に摘み、おひたしを作ったり、春菊の匂いをプーンと浮かせて味噌汁を作ったり、それを枕元に運んでやるのは楽しみなものでございました。

如何にも餓えきっているように、殆んど丸呑みのまゝ物凄いスピードでガツ〳〵と(其の食べ方は、四十日間帰るまでどうしてもなおしてやれませんでした)呑み込み、おつゆを二杯呑んだ後、やっと人心地が着いたという風に息をつきます。其れから後は、遠慮するのか、其んな素振りを見せるので励ましながら、おかわりをさせます。昔のやうな白い御飯をやる事が出来たら、と、ふとそんな淡い欲望も時折り頭をもたげましたが、何にも云わず、私が登校したあと、汚れ物の始末までしてくれる母や父たちの心づかいに気付くとき、私は何も思うまいと考えるのでした。着ていたものにいた、白いシラミの群には余程、母はキモをつぶしたと見え、今もそれを云います。連れて来て四、五日、母は私の側を通る時、きまって、「道子はまだタデちゃんの匂いのする」と私の肩の辺をかいでは、小さな声でいいました。一張羅《いっちょうら》の洋服を毎日洗ってイロリでかわかして着ましたが、母の気のせいだったのかも知れません。

そのうち学校の休みも二、三日あり、四、五日は好奇心をそゝられた外来者が、猟奇的な眸を動かしてタデ子に話しかけて来たりなどしました（私はそんな人たちにタデ子を、さらしたくないと腹が立ちました）が、極く静かな生活が営まれたようでございました。そして幾日か経、それは何日だったか忘れましたが、兎に角、其の日は田浦で私ら転任したものの送別の宴をして下さるという朝、タデ子は烈しい下痢を起し、とても苦しみました。死にやしないかしら、と何しろあの体でしたので、私も家のものも、本気で何遍も心配致しました。田浦の最後の先生方の御心づくしも人の命にはかえられぬと、やっと決心した私は、お詫びを心でいいつゝ遂に列席しませんでした。ところで――タデ子の出すものに、食べさせた筈のない大根漬が実に多量に例の如く、未消化のまゝ排出されるのでございます。黙って母に指されたとき、私は、ドキンとしてしまい、何か一抹の暗いものが胸にきざしました。皆で心をつかい、どう考えて見ても、特に口に入れるものは不公平を感じないようにしてあるつもりだった筈なのですが、家人の隙を見てつまみ食いする事は事実なのです。それから烈しい下痢をする時は、定《きま》って何かおびたゞしく食べていました。私は其の度に、だんく苦しくなって行きました。然しタデ子がこんなになるまで受けた悲しみや苦しみは、どんなであったろうとそれを想い至るとき、私は恥かしくなってしまいました。

「タデチャンは、切りコッパば探しおらした」

「タデチャンな、イリコば寝床んなかに持って行きおらした」

と近所の子どもらが先ず、一々告げに来ました。

弟や妹やが、私にソッと告げます。そして父や母やまでが、目付でタデ子をうかゞいながら「……道子……」と声をしのばせます。

「あの子は、いっちょん笑わん」とも云い、

「あの固い大根の寒漬ば、一本ながらガリ〳〵、あの体で……それにウソを云う、取ったろうと見ていて云っても取らんと云う」

とも、交る交る家人の口から色々出るようになりました。私はそんな事は、とうから気付いていました。こんな狭い家の中にいてさえも守ってやる事が出来ませんのですもの。まして幾月か野に、風に、雨に、雪に、霜に、そして冷たい人の心にさらされて来た子がつまみ食いする位になるのは当り前ではないかと思いました。

「それに、こゝへ来て十日も経ったのに、まだ自分の住んでいた町のあり所さえも想い出さぬなんて、いくらなんでも、少し生れつき、何んじゃないかナ」

と云うような事も出てきます。人の世の冷たさを身にしませながら駈けまわり配給が戴けるようになったのも二十日過ぎてからでした。「駅長の証明ももらわず、勝手にそんなモノを連れてくるから」

と浴びせられて、其の寒い夜風よりも佗びしい心で泣き伏したいのをこらえて川土手を行きつ戻りつしたことは、今はすでに思い出としてのみでございますが……。

日々に外界は春めいて行きました。

八重咲きの白い桃の花や、あしびの花や、葛渡《くずわたり》へ通う道すがら線路に咲いている、すみれのいろ〳〵を、帰るとすぐ枕元の机にかざりました。日曜や土曜の午後、私は退屈させない限り、枕元に座り、美しい絵など開いて遊びました。時々タデ子は私の膝の上の頁を自分でめくり、

「コレ、果物やお菓子をはさむモノね」

などと云ったりしました。電車に乗って、ヤカと云う所へお父さんと遊びに行ったことや、お父さんは、よく魚釣りに自転車で出かけていたこと、お母さんは家にたいがいいて、お炊事をしていたこと、それから一人娘でしたがよその赤ちゃんをよくお守りしてあげたこと、（赤ちゃんは好きだったそうです）、お二階には会社の庶務につとめている林さんという人が住んでいたこと、近所には大きな川や橋や、お宮もお祭りの時、友達とお参りした事があり、映画や、お芝居には、一人で？　よく出かけていたものであり、学校は六年まで行き三年の時の神崎という女の先生が一番好きであったそうな。近所の川の名も橋はもちろん、宮も学校名も思い出して呉れなく、わずかに、お父さんは久保徳太郎と云い、お母さんは木下ハルエ、そしてヤカと云う所に木下サチ子と云う姉さんがいるからそこに行きたい、其れだけがタデ子をつゝんでいる最上の事実なのでした。どこをそれ以上探してもおしまいになるタデ子の話はこれきりでございました。そして一番悲しかった事は、雪の降る晩に、駅

でねむった事、一番嬉しかった事は、先生（私）の家で、お葱の這入った里芋の味噌汁と、麦の御飯を食べたことだと語り、よく考えて見ると年は、十七かも知れないなどとも云いました。昭和五年七月三十日、と生年月日だけはどういうものか、はっきり覚えていました。空襲がこわくて年なんか忘れてしまったんでしょう、と云うと、そうせねばならないかのようなコックリをするのでした。無気力な、どうにでもなれというようなあきらめ切った態度（それが、或る太々しさをも父母たちに与えていたのかも知れません）をよく見せました。

桜の花も大方散り、楠や、ならや、椎の若葉がくすんだ色を見せ始めたある日曜日、私はタデ子を連れて近所の山に登りました。質問的に、ともすればなろうとする私の口調をタデ子は相変らず無表情な顔で聞いていましたが、「元気になったら、矢張り八家《やか》へ帰りますか」に及んだ時、パッと今まで見せた事のない光を眸に浮かべ、「もうよくなったから、もう帰りたい」とハッキリした声で云ったのです。ヘタ〳〵と歩いている歩みつきも大分たしかになっていた頃でしたが、私は云いようのない淋しさにおそわれました。黙って山を下りました。日曜にしか、タデ子とおれないこと、他の日は夕方かえり朝出ねばならぬ生活などを取り止めもなく考えていたようでした。

おや、歌っているんではないかと思って振り返って見るとすぐ元のようにキョトンとしています。たしかにそれらしい声を耳にしましたが、笑いは、やはり見せませんでした。

相変らずウソを云うこと、ヌスミ食いをすることは耳に絶えず、父母は、御近所に先々御迷惑をおかけするような事を仕出かすような事でもあれば、とも心配致しました。私はそれらのひそめきの中で、あの夜のビスケットを念い、快くなりかけた足裏の霜焼けの皮を無心にはいでいる、まだ丸みの足りぬタデ子の肩のあたりに目をそゝいでは、溜息をつきました。弟や妹たちには、大変な苦しい目に逢ったから、タデ子さんは今、心の病気になっているのだよ、と云い聞かせては見ましたけれども……。

葛渡に来て家庭訪問も済んだ或る雨の夕方、職員室で今日は何時もよりキツカと思い、だんく頭痛が増してくるので、検温してみた所八度五分ありました。オカシイナと思い、其の翌日は休み、次の日出て又頭痛を覚え、田上先生に診て戴き気管支炎だといわれました。一ケ月安静だといわれ、レントゲンをとられ、大事にしないといけません、無理をしているようだ、とおっしゃいました。云われて見ると田浦の終りの頃から腰あたりがだるく、咳はずっと冬から続いているので私もなる程と思いました。其の日は五月一日でしたから転任してから一ケ月も経ていないのですから、学校には非常にお気の毒に想いましたし、タデ子は日々帰ると云いくらすし、本当に私は迷ってしまいました。

二、三日して何時になくタデ子がそわくしているのです。

どうしたの、と聞くと、お金が無いと云うのです。すべての物事に無関心であるかのようにしている彼女にしては、驚嘆すべき几帳面さで山口先生や、小母さん、小父さんに戴いたお金を毎日キチンと数えては、十字架のメタルのついた財布の中にしまい込む事を楽しむかのようにくり返すのをよく見ていた私は、これは困った事になったと思いました。

「お金が無い、お金が無い」

そうつぶやき乍ら、彼女は何時にない、身のこなし方であちらこちらを、めくったり、のぞいたりしました。体に対する不安も加っていた私は、その彼女の姿を見て益々悲しくなって来ました。幸いフトンカバーの中からやっと見つけ出した財布を、大切そうに胸にしまったタデ子と共に私もどんなにかホッと致しましたか、若しも無かった場合、タデ子に、此の上どのような悪影響を与えたであろうと考えるとゾッと致します。気短かな十八の弟は、

「フン、自分の品物は大事と見ゆる」と皮肉を云いました。其の夜、いよ〳〵父母から切り出されました。

「一生養うという事は、とても出来ないんだから、本人も帰るというし、体も目鼻がついたのだ。其のお姉さんの所へそろ〳〵帰したらいゝ頃だと思うが……。十七にもなって一人でも帰れぬ事もあるまいから」

其のお姉さんの所へは駅やら郵便局を探し、二度も便りしたのでしたが何とも云って来ませんでした。勿論一生養うつもりでもありませんし、つもりでも、今の私にそれは不可能なのは分り切っていながら私は苦しみました。本当に其の八家へ辿りつけばいゝが……又辿りついたにしても、果して今も、其の姉さんが……等考えて行くとき、エエッ先はどうなろうと私もこの子を連れて行きつく所まで行って見ようかと思ったり……自分一人もよほどでなければ生きのびられそうにない今の世で、人の世話など出来るものか、本当はそうあらねばならぬのであろうが――。

タデ子も人、我も人、だのに何故、タデ子は放り出されねばならないのか。それでいゝのでございましょうか。私は、お金が、モノが沢山たくさん欲しいと思いました。そして私自身のもっと〳〵強い強い力を欲しいと思いました。

配給を戴くについて、共に駈けまわって下さった青年団の方々が二、三人で、又、切符や何やとどん〳〵ことを運んで下さり、母は私のモンペを仕立て直してタデ子の首途《かどで》……の晴着を縫ってくれ、お握りも二日分ばかり私のハンカチにくるまれました。

タデ子は嬉しそうでした。母はふいにタデチャンが笑ったと声を上げました。父は駅に行って、夜行が連絡がよく、着く時間も頃合だから、と、時間を調べて来てくれました。

私一人、朝から御飯も食べず誰も来んでもいゝ、私が連れて来たんだから私一人で送ってゆくと駄々をこねていました。云い出したら利かない私の性分には負けたと見え、父も母も門口で見送ってくれ、私は十日の月（五月十日の夜）を仰ぎながら感無量とはあの事でございましょう。八時十五分家を出ました。タデ子はハンカチ包みを自分で持ちたゞ嬉しそうでした。青年団員の方が又お二人、来て下さり、復員列車が都合がいゝと駅の了解を受け、加古川駅長宛の手紙を駅長から戴いて下さいました。

その別れの汽車に加古川と八家のそばへ行かれる兵隊さんが多勢乗っていられ「御とゞけしますから」と口々に云って下さったのには、全く神様のお引き合わせと思われました。

汽笛が鳴り、くしとタオルと十字架の金入れと、おにぎりとそれだけを嬉しそうにかゝえ、瞬時にタデ子は見えなくなり、汽車の灯も遠いひゞきも、やがて私の手のとゞかぬ所へ、あっけなく去ってしまいました。私はぼんやりホームに立ったまゝ、私にはウソを云わなかったタデ子を想いました。イリコを、曾ってのビスケットの袋に一ぱいつめていたのを、「又腹が痛くなるから、よくなってから食べるのに、なおしておきましょうね」と云った私に、素直なコックリをして、すぐ出したタデ子、「カゴの中のをもらった」と云ったタデ子、今夜、あの袋に、イリコを一ぱいつめてやればよかった、と私は帰り道も其んなことを考えていました。

タデ子は今、どこにいるのでしょうか――。

タデ子はむしろ、ソクバクのない露天の孤児の生活にかえりたかったのかも知れないと思います。

光

1946

青い光を尾引いた芸術というひとつの光りものが、私を呼ぶのです。夜の中天に一際輝いている星のように——。そして私は、夜の底からひとみを上げて深々と吸いとるように双手を上げて、そのひかりものへ伸ばしてみます。然し何とその空間の無限であることでしょう。私はよくその無限を思い知ります。そして、その限りなさと共に私のあゆみも永劫に連れられてゆくことでしょう。

私は、神秘のおきに流れるそのひかりものに届こうとは思わない。又届くものではありません。私は、せい一ぱい背のびすることは出来ても、私の立脚している現実と云う土地の引力から一寸も離れることは出来ない。けれど、宵やみの中の光りもの、そのいん〱とした声の流れは瞬時も私を誘って止みません。

私はゆく事でしょう、声の流れの果てるところまで、永劫の光芒を追うて、背のびしたり息をついたり、そのひかりものの影をかき抱いて星のめぐりをあてに夜道をゆく旅人のように、私は歩みを止めないでしょう。芸術とはそんなものではないでしょうか。そして、その光りものに呼ばれてから二十年、三十年、遠いものを慕いつゝ何時かはいのちをけずられ果てゝ夜つゆの中の草むらに、虫たちばかりが奏でゝくれる追悼歌の中に朽ちほろびてゆく芸術の犠牲者たちのうちのひとり、になるでしょう。私は、芸術ということばを使いました。この事は恐いことでした。でもこのことは、その永遠の犠牲者たるべき自覚の意識の一歩なのです。今、歩もう、と思い立ったばかりなのです。私は私の歩みの前途に何も期待することが出来ない。たゞ、私にわかっていることゝ云えば、そのはるかなる光の尾が私を呼ぶことばかりなのです。私はそのあとを辿ってゆくより、私の生命のあり方を知らないと云うことばかりなのです。

私の歩みの彼方に何らかの形として表われるものを、抱き得る何物もない。

と云いましたが、然し、わかるものは、その足跡だけなのです。かすかな足あと――。よちよちとしているでしょう。たどたどしい、ちっともまっすぐでない、けれど前を向いているんです。そしてその足あとは極くまれに同じ夜道をゆく旅人しか見出すことの出来ない、にも見落されるような――、そして何時か踏み消さるべきうすい足あと、そしてそれでも、旅人たちのゆく道をよりよく踏みかためる為の、いゝえこんな大げさな思い上りは生意気だ、――。

私はとにかくその光りものに連れて行ってもらうことに決めました。

その光りものをつかもうとするには私は余りに非力なのです。私は半ばいゝえ完全に、おそろしい。けれど、母に叱られた子が上目を使いながらそれでもついてゆくように、私はゆきましょう。私はこのことに於いて幼いのです。それはもう最大限に――。

生まれた幼児が視覚を与えられ、始めてものを見覚えるそれのように。

V

未完歌集『虹のくに』

1945-1947

『虹のくに』は戦時中から一九四七年までの短歌を収めたもので、小冊子に製本（和綴）され、「未完歌集」と銘うたれている。

作者十六歳から二十歳までの作である。（渡辺京二）

とこしえた未完のうた——。
これをあなたにお返し致しません。返すといふ言葉
をお疑ひになるとも、よろしいのです。なぜかならば
このうたのかずかずは　みんな、
あなたから生まれ出たものであるが故に——
あなたから"にじ"の國へ送りやられたものを、私の
魂が勝手に取り上げて、うたにしたのです。
ですから、本當これはあなたのものです。私に、もう
完成させることが出來なくなりましたので、…………。
あなたは、それかと云って（うたにしたといふことに）少しの御負タンをも
お感じにならなくて　よろしいのです。私は、そのや

うなことは、最初から求めることを抱かうとしませんでした、今
も、そしてとこしへに、いだかうとは おもひませんから。
にじの國――。
これは、あくまで非現實的な、夢のそのです。
けれども その國は、どんなに、限りなく美しいものであるか！
あなたは御存じですか。
最も美しき園の中に、
あなたが！ 住んでゐて下さるのです。 私の中にある
美しいものが最上の力を注いで作り上げた園に――。
これはなあなたを冒瀆したのとは違ひます。
くろのまちまちかな乙女だと、私をさうは思ひませ

とこしえに未完のうた――。

これをあなたにお返し致します。返すという言葉をお疑いにならなくとも、よろしいのです。なぜかならば、このうたのかず〳〵は、みんな、あなたから生まれ出たものであるが故に――。

あなたから〝にじの国へ〟送りやられたものを、私の魂が勝手に取り上げて、うたにしたのです。ですから、本来これはあなたのものです。私に、もう完成させることが出来なくなりましたので、……。

あなたは、それかと云って（うたに、したということに）少しのご負担をも、お感じにならなくてよろしいのです。私は、そのようなことを求めることを最初から抱こうとしませんでしたし、今も、そして、とこしえに、いだこうとはおもいませんから。

にじの国――。

これは、あくまで非現実的な夢のそのです。

けれどもその国は、どんなに、限りなく美しいものであるか、あなたは御存じですか。

最も美しき園の中に、

あなたが！　住んでいて下さるのです。私の中にある美しいものが最上の力を注いで作り上げた園に――。

これは、あなたを冒瀆したのとは違います。

こゝろのきよらかな乙女だと、私をそうは、思いません。けれども、どんなに私が荒れ果てた心を持つとも、にじの園を——

のぞいて微笑んでいる時の私は、私のうちで尤もうつくしいものなのです。

このことをわかって戴けますか？　あなたに感謝しているということを、祈りを捧げているということを。

この一枚一枚を、ゆのつるの谷に月夜の宵に流してやって下さい。ゆのつるの谷から、不知火のうみにながして下さいまし。

罰するとも、ほうむるとも、とむらうとも、いづれの意味でも結構でございます。おしあわせに——。

西見つゝ東をみつゝひと恋し十九の秋のいのちを想ふ

のぞみなしうらみまたなしまことなるわが心かもいづくか知らねば

湖水三つ探し出しけり宛もなく歩き出だすがこの頃のくせ

十六の春にとゞめしほのかなる面影ひとつ今も消《け》なくに

われをつゝむ匂ひすべてを焼きつくし煙きえゆかば死なむとぞおもふ

ひそかにも決めしことありそを待ちて生きゐる吾を人おどろかず

笑みかけてふとかなしかり我を強ひて作りし笑みか笑ふをやめる

ポト……ポト……とあまだれおつる……初恋のいたみかなしも遠き想ひ出
（高千穂のいでゆの雫よ、わが乙女の日もはやかへり来たらず！）

うすぐらき旅館の夜のともし灯の中に消えけり十六の恋

すてがたき面影ありぬひそかにも胸にまもりてわが死なずあり

道子道子吾が名抱きて凍る星にかすかによべば涙こぼるゝ

借り物もよけれ借すひとこゝにあれわれにゆるがぬ消えぬいのちを

風と波とひそけく過ぎる渚辺の尾花が原に死にたかりけり

自殺未遂われを守りて夜もすがら明かしゝひとみ言《こと》ふりもせず

吾が此の身在《あ》らむ限りは餓鬼のごと心ひそみて出で迷ふとや

春雨にぬれてひつぎを送るむれひとはたやすく死にゆくものよ

（われ十九になりしといふ）
とこしえにひそかなるものひた抱き三とせのよはひ重ねけるかも

ひそかなるはるのあはれをいとしみて守りてありぬをとめごゝろは

三原山

やるせない夜の乙女の夢は
伊豆の大島三原山

いのちつかれのあくがれは
御神火もゆる三原山

なやみさすらひ旅路の果に
ひとり泣きたや三原山

——昭二〇・二・五

不知火に

沖の不知火流れて小舟で
葦かきわけてひっそりと
千鳥連れに来《こ》よ月の夜さ
乙女連れに来よ
葦かきわけて

――二・一〇

天草の島めぐり〱遂の果は不知火の火にならむとぞおもふ

——三・九

六つの日の山姫われは山椿木の上《へ》にのりて空にうたひき

とろ〱の炉の火と尽きぬはるさめにはつることなくわがゆくこゝろ

——三・一二

高千穂の頂きにゆき天《そら》を向き青く澄みきり飛び下り消えよ

空高き頂にのぼりひとすじにとびおり消えよものうきいのち

桐の葉の落ちししじまに鳴きいづる日ぐらしぜみはかなしかりけり

――八・一〇

葉がくれに秋雲わたる山の小屋にいねておもへり遠きひとびと

しづやかに赤子守《も》るごと山小屋にわれを抱《いだ》きてひとりいねつゝ

――八・二〇

山峡《やまかひ》のいでゆのやどにひとり来て谷のながれにひと夜こもれり

わが除《よ》くる小みちの草の露むらにべにの小ガニのとまどふかなし

宵されば河鹿なくとふ谷の湯にこゝろしづめつこの夜生きなむ

――八・二五

不治のやまひいたはるごとくわがこゝろ谷のいで湯にひと日ねぎらふ

障子あけて出湯の月に寝入るときいのちこのまゝ消えねとおもふ

わが求むしあはせよこよたまゆらにそをのみおろし死にゆかむものを

こゝろすましひとり出湯に歌書くときかなしけれども安らふこゝろ

——九・一二

（おもはざる心のうごきに）

底ひふかく秘めたるものをゆくりなく逢ひにしみればふるはむとすも

十六のをとめのはるにすてやりし恋ごゝろなりよそながら逢はむ

生きゆかむわれのいのちにたゞひとつうるはしくあれをさなきこひは

わかき日のかなしみ事よいつの日かおもひかへりて静やかにならむ
谷の湯の夜のひとり居をいとほしむわが若き日を笑まひて送《や》らめ
過ぎいゆくものゝひそかげうち守り野花つみつゝ残してゆかむ

——九・二九

ひそかなるかなしみ事のかず〴〵を詠みすてやりつゆくやわが春

かなしみの小《を》屑を集め夕湖《ゆううみ》べ遠々そらに絶ゆなく焚かむ

それとなく別るゝさだめそのきみは夢のおぼろの遠々ききみ

ほのかなる想ひ語らず野の花を摘み摘みちらしひとりいゆけよ

遠き日に摘みとり捨てし初恋の芽生えのあとのかすかないたみ

穂芒の限り果てなき野の原の真中に立ちて呼ばやと思ふ

――一〇・二二

夜に入りて降りゐる雨は地の果に落ちしむごとしうそうそと冷ゆ

遂にわが云はなくあれどひがんばな燃え出づころはいたむ想ひを

ときにふと心すませばわが燃ゆる若きほのほの音すも尽きず

——一〇・四

人の世になすべきことを為さずあれど覚むなく寝よとひそかにねがふ

ゆくりなく我が落ちいゆけさむるなきねむりの籠にゆられ今にも

わが夢は六つのうなゐのつばき舟ねむりて星の国をめぐれよ

形なすみのりの種のなき花のこぼるゝごとしわが春の日は

不知火に故はなけれど不知火に向ひて立てば涙こぼるゝ

吾が知らぬ吾ほかにありあらぬ方を見をればそれに刺さるゝおもひ

――一〇・二〇

ものにふるゝ心荒びてゆく日々に幼き恋はうつくしかりけり

るり色のかすみの中に笑みませよわがひれ伏して泣かむそのきみに

そのきみはにじの彼方の夢殿に限りもあらずうるはしききみ

あゝ夢や夢のその中にねむりたる我を連れ去りそのまゝ消えよ

——昭二三・一・二六

ゆくりなく湧き出でにけるかなしみに息をとゞめてたゝずみにけり

ガスの灯に伏して夜更けをはるばるに思ひ沈めりみぞれやまなく

「なげくなかれなれがねがひのしあはせのひとつをいへよ」「わがそを知らず」

——一・三〇

ゆのつるの山々波ゆはつるなきこの悲しみの流れはひくる

かへるなきはたての旅にひそやけく出でむものかも星うつくしき夜

いたみある真中の胸よ音するや枯れ立ち桐によりてそを聞く

とがりたるほそき怒りの常にありて死に果てよとぞ吾にさゝやく

いづくともや遠地《おんち》のそらに夢ごころ抜けいであそぶうすぐも月夜

——一・二九

かりそめに胸痛みいえてゆきし日を失せものゝごとなつかしみゐる
細くなへて安けし永眠《ねむ》る人の忌むやまひをわれやねがひてゐしか
とく死ねよ残りわづかのうるはしきわれをひそかに捧げむものを

一瞬に消えゆくいのち残るもの宇宙の何に値ひするかや

真実と虚偽とほこりと絶望のさすらひ雲のあひの子われは

わが死なば谷間野山の名なしぐさあつめつくして棺《ひつぎ》を埋めよ

――二・五

つぐみつゝわれをおもふとき聞えくるさゞなみのおとはかなしきろかも

ふるさとのこの不知火のうちよする波にかたらむおもひなりけり

——二・一〇

うら〳〵とうすむらさきの陽の光はるめく頃はひとのこひしき

たゝずみてはるの陽にひくわが影をみつめてあればなみだこぼるゝ

はるはしもうれしきものと誰《た》がいひしはるはかなしとはるごとにおもふ

にじのくにのにじいろやまの野の原につぶりてゆかばきみ笑み在《ま》すか（扇面）

――三・一

あめつちにいらふものなし宵もやの野道に立ちて星を仰げど

とこしえにとゞくことなきにじのはしにあるべくもなきいのちつなぎけり

高千穂にわきいでにけるかなしみのおとは真澄みてひゞきたえぬも

もゝいろの蓮華の中につぶり座し夢間にこの世をはるすべなきか

ひらかざるもゝのつぼみを殊更にいとほしみをりかなしきはるは

高千穂の峯にこもりてにほひくるかなしみのおとひそかなるおと

――三・二〇

婚約とゝのへるわれとかや

何にしかひかるゝものぞすぎいゆくもののゝうすかげに移ろふこゝろ

逝く青春《はる》はわれにあらねど思ひ出の抜ぎすてごろもわが胸にもゆ

かばかりの悲しきほこりなぐさめる切なきいたみをうるはしといふや

われはもよ不知火をとめこの浜に不知火玉と消《け》つまたもえつ

――三・二三

やよひなるこゞもり空の夜の星に歌ふすべもあらずわれをいたみぬ

ことさらにこれの花などなぜつむやこぼしすてけりむらさきすみれ

――三・三〇

結婚式

ものゝかげわれにそむきてことごとくうすれうせけり逝くはるの夜に（扇面）

たまきはるいのちのきはみうつくしきわが白玉を投げてかへらず

何とてやわが泣くまじき泣けばとて尽くることなきこのかなしみを

なべてのひとの耐えてあゆみし道ならむわれもしづけくゆくべしとかや

道子道子いまはきわまるこの道子われを何びとにやらむとするぞ

——四・一

あとがき

十代のとき書いたものが、本になるとは思わなかった。当時は、いろいろと思い悩むことが多く、それを歌や文章にして、自分で和綴の小冊子にまとめていた。そういう小冊子や、師というべき人に宛てた手紙やらがこのほど発見されて、藤原書店で本にして下さるという。気はずかしいが、お任せすることにした。若気のいたりで、表現が露悪的すぎたり感傷的すぎたりするところが気になる。それも今となっては仕方のないことと思う。小説の稽古のつもりであった。我が家では見られなかった場面をフィクションで創り出したりしている。我が家ではとても高雅な調べの天草弁が使われていた。わたしの表現の源はこの天草弁である。

徳永先生宛の手紙は、先生がご保存下さっていたものを、ご遺族の方から賜ったのである。思えば、いろいろな方々から数々のご厚志をいただいて、私は生きてきたのだった。ありがとうございます、と改めて申し上げたい。

二〇一四年一一月四日

著者しるす

初出一覧

不知火をとめ　本書初出。

ひとりごと　本書初出。

錬成所日記　『道標』第三五号、二〇一一年一二月。

徳永康起先生へ——石牟礼道子の若き日の便り　本書初出。

タデ子の記　『潮の日録』葦書房、一九七四年。

光　『潮の日録』葦書房、一九七四年。

未完歌集『虹のくに』　『道標』第三六号、二〇一二年三月。

著者紹介

石牟礼道子（いしむれ・みちこ）

1927年、熊本県天草郡に生れる。詩人。作家。

1969年に公刊された『苦海浄土――わが水俣病』は、文明の病としての水俣病を描いた作品として注目される。1973年マグサイサイ賞、1986年西日本文化賞、1993年『十六夜橋』で紫式部文学賞、2001年度朝日賞、『はにかみの国――石牟礼道子全詩集』で2002年度芸術選奨文部科学大臣賞を受賞する。2002年から、新作能「不知火」が東京、熊本、水俣で上演され、話題を呼ぶ。石牟礼道子の世界を描いた映像作品「海霊の宮」（2006年）、「花の億土へ」（2013年）が金大偉監督により作られる。

『石牟礼道子全集　不知火』（全17巻・別巻1）が2004年4月から藤原書店より刊行され、2014年5月完結する。またこの間に『石牟礼道子・詩文コレクション』（全7巻）が刊行される。

不知火《しらぬい》おとめ　若《わか》き日《ひ》の作品集《さくひんしゅう》　1945–1947

2014年11月30日　初版第1刷発行©

著　者　石牟礼道子

発行者　藤原良雄

発行所　株式会社　藤原書店

〒162-0041　東京都新宿区早稲田鶴巻町523

電　話　03（5272）0301

FAX　03（5272）0450

振　替　00160-4-17013

info@fujiwara-shoten.co.jp

印刷・製本　中央精版印刷

落丁本・乱丁本はお取替えいたします

定価はカバーに表示してあります

Printed in Japan

ISBN978-4-89434-996-4

高群逸枝と石牟礼道子をつなぐもの

最後の人　詩人　高群逸枝

石牟礼道子

世界に先駆け「女性史」の金字塔を打ち立てた高群逸枝と、人類の到達した近代に警鐘を鳴らした世界文学(『苦海浄土』)を作った石牟礼道子をつなぐものとは。『高群逸枝雑誌』連載の表題作と未発表の「森の家日記」、最新インタビュー、関連年譜を収録！

口絵八頁

四六上製　四八〇頁　**三六〇〇円**
(二〇一二年一〇月刊)
◇978-4-89434-877-6

『苦海浄土』三部作の核心

新版　神々の村

『苦海浄土』第二部

石牟礼道子

第一部『苦海浄土』、第三部『天の魚』に続き、四十年の歳月を経て完成。『第二部』はいっそう深い世界へ降りてゆく。(…)作者自身の言葉を借りれば『時の流れの表に出て、しかとは自分を主張したことがないゆえに、探し出されたこともない精神の秘境』である」

(解説＝渡辺京二氏)

四六並製　四〇八頁　**一八〇〇円**
(二〇〇六年一〇月／二〇一四年二月刊)
◇978-4-89434-958-2

石牟礼道子はいかにして石牟礼道子になったか？

葭《よし》の渚

石牟礼道子自伝

石牟礼道子

無限の生命を生む美しい不知火海と心優しい人々に育まれた幼年期から、農村の崩壊と近代化を目の当たりにする中で、高群逸枝と出会い、水俣病を世界史的事件ととらえ『苦海浄土』を執筆するころまでの記憶をたどる。『熊本日日新聞』大好評連載、待望の単行本化。失われゆくものを見つめながら「近代とは何か」を描き出す白眉の自伝！

四六上製　四〇〇頁　**二二〇〇円**
(二〇一四年一月刊)
◇978-4-89434-940-7

絶望の先の"希望"

花の億土へ

石牟礼道子

「闇の中に草の小径が見える。その小径の向こうのほうに花が一輪見えている」――東日本大震災を挟む足かけ二年にわたり、石牟礼道子が語り下ろした、解体と創成の時代への渾身のメッセージ。映画『花の億土へ』収録時の全テキストを再構成・編集した決定版。

B6変上製　二四〇頁　**一六〇〇円**
(二〇一四年三月刊)
◇978-4-89434-960-5

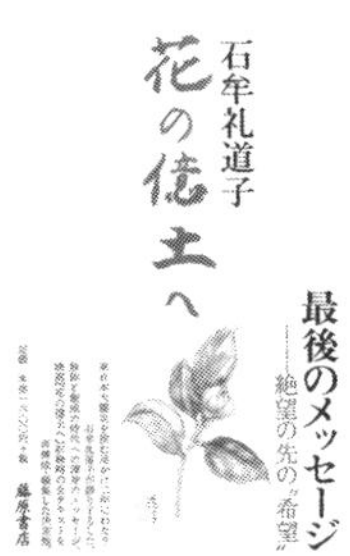

免疫学者の詩魂

多田富雄全詩集 歌占（うたうら）

多田富雄

重い障害を負った夜、私の叫びは詩になった——江藤淳、安藤元雄らと作を競った学生時代以後、免疫学の最前線で研究に邁進するなかで、幾度となく去来した詩作の軌跡と、脳梗塞で倒れて後、さらに豊かに湧き出して、声を失った生の支えとなってきた最新の作品までを網羅した初の詩集。

Ａ５上製　一七六頁　二八〇〇円
（二〇〇四年五月刊）
◇978-4-89434-389-4

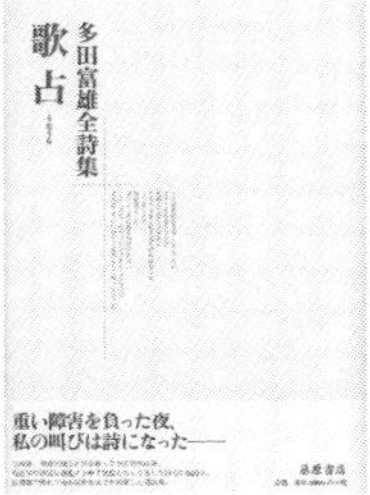

能の現代的意味とは何か

能の見える風景

多田富雄

脳梗塞で倒れてのちも、車椅子で能楽堂に通い、能の現代性を問い続ける一方、新作能作者として、『一石仙人』『望恨歌』『原爆忌』『長崎の聖母』など、能という手法でなければ描けない、筆舌に尽くせぬ惨禍を作品化する。作り手と観客の両面から能の現場にたつ著者が、なぜ今こそ能が必要とされるのかを説く。

写真多数

Ｂ６変上製　一九二頁　二二〇〇円
（二〇〇七年四月刊）
◇978-4-89434-566-9

脳梗塞で倒れた後の全詩を集大成

詩集 寛容

多田富雄

「僕は、絶望はしておりません。長い闇の向こうに、何か希望が見えます。そこに寛容の世界が広がっている。予言です。」二〇〇一年に脳梗塞で倒れてのち、声を喪いながらも生還し、新作能作者として、リハビリ闘争の中心として、不随の身体を抱えて生き抜いた著者が、二〇一〇年の死に至るまで、全心身を傾注して書き継いだ詩のすべてを集成。

四六変上製　二八八頁　二八〇〇円
（二〇一一年四月刊）
◇978-4-89434-795-3

現代的課題に斬り込んだ全作品を集大成

多田富雄新作能全集

多田富雄　笠井賢一編

免疫学の世界的権威として活躍しつつ、能の実作者としても現代的課題に次々と斬り込んだ多田富雄。現世と異界とを自在に往還する「能」でなければ描けない問題を追究した全八作品に加え、未上演の二作と小謡を収録。巻末には六作品の英訳も附した決定版。

口絵一六頁

Ａ５上製クロス装貼函入
四三二頁　八四〇〇円
（二〇一二年四月刊）
◇978-4-89434-853-0

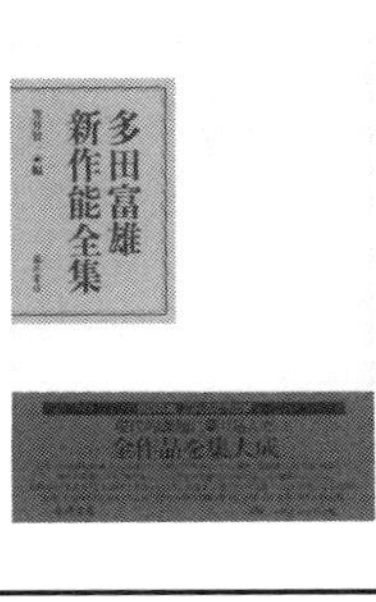

全体小説を志向した戦後文学の旗手

野間 宏（1915-1991）

1946年、戦後の混乱の中で新しい文学の鮮烈な出発を告げる「暗い絵」で注目を集めた野間宏は、「顔の中の赤い月」「崩解感覚」等の作品で、荒廃した人間の身体と感覚を象徴派的文体で描きだした。その後、社会、人間全体の総合的な把握をめざす「全体小説」の理念を提唱、最大の長篇『青年の環』（71年）を完成。晩年は、差別、環境の問題に深く関わり、新たな自然観・人間観の構築をめざした。

野間宏、最晩年の環境論

万有群萌（ハイテク病・エイズ社会を生きる）

野間宏・山田國廣

ハイテクは世紀末の福音か災厄か？　今日の地球環境汚染をハイテクで乗り切れるか？　本書は全体小説を構想した戦後文学の旗手・野間宏と、環境問題と科学技術に警鐘を鳴らす山田國廣が、蟻地獄と化すハイテク時代を超える道を指し示す衝撃作。

四六上製　三一二頁　**二九一三円**
（一九九一年一一月刊）
◇978-4-938661-39-7

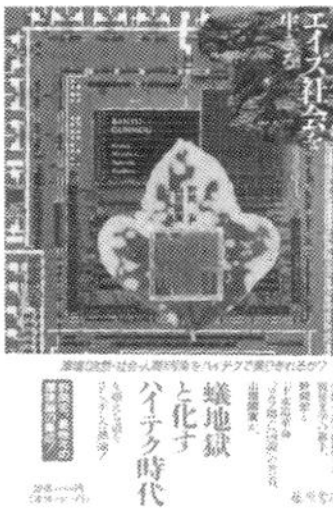

「狭山裁判」の全貌

完本 狭山裁判（全三巻）

野間 宏
野間宏『狭山裁判』刊行委員会編

『青年の環』の野間宏が、一九七五年から死の間際まで、雑誌『世界』に生涯を賭して書き続けた一九一回・六六〇〇枚にわたる畢生の大作「狭山裁判」の集大成。裁判の欺瞞性を徹底的に批判した文学者の記念碑的作品。〔附〕狭山事件・裁判年譜、野間宏の足跡他。

限定千部
㊤六八八頁　㊥六五四頁　㊦六四〇頁
菊判上製貼函入　**三八〇〇〇円（分売不可）**
（一九九七年七月刊）
在庫僅少◇978-4-89434-074-9

一九三三年、野間宏十八歳

作家の戦中日記（一九三二―四五）㊤㊦

野間 宏
編集委員＝尾末奎司・加藤亮三・紅野謙介・寺田博

戦後文学の旗手、野間宏の思想遍歴の全貌を明かす第一級資料を初公開。戦後、大作家として花開くまでの苦悩の日々の記録を、軍隊時代の貴重な手帳等の資料も含め、余すところなく活字と写真版で復元する。

限定千部
㊤六四〇頁　㊦六四二頁
A5上製貼函入　**三〇〇〇〇円（分売不可）**
（二〇〇一年六月刊）
◇978-4-89434-237-8

感動の珠玉エッセイ集

いのち、響きあう

森崎和江

戦後日本とともに生き、「性とは何か、からだとは何か、そしてことばとは、世界とは」と問い続けてきた著者が、環境破壊の深刻な危機に直面して「地球は病気だよ」と叫ぶ声に答えて優しく語りかけた、〝いのち〟響きあう感動作。

四六上製　一七六頁　**一八〇〇円**
（一九九八年四月刊）
品切◇978-4-89434-100-5

民族とは、いのちとは、愛とは

愛することは待つことよ

（二十一世紀へのメッセージ）

森崎和江

日本植民地下の朝鮮半島で育った罪の思いを超えるべく、自己を問い続ける筆者と、韓国動乱後に戦災孤児院「愛光園」を創設、その後は、知的障害者らと歩む金任順《キムイムスン》。そのふたりが、民族とは、いのちとは、愛とは何かと問いかける。

四六上製　二二四頁　**一九〇〇円**
（一九九九年一〇月刊）
◇978-4-89434-151-7

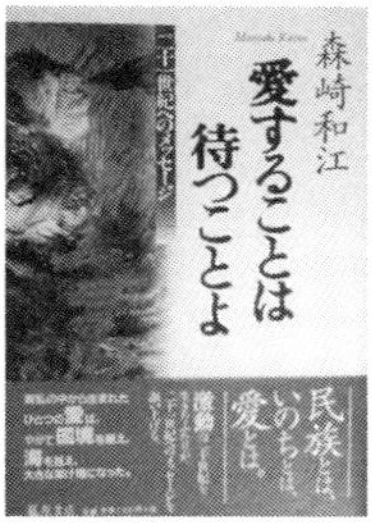

朝鮮半島と日本の間で自分を探し続ける

草の上の舞踏

（日本と朝鮮半島の間《はざま》に生きて）

森崎和江

「私は幼い頃から朝鮮半島の風土をむさぼり愛した。国政と比すべくもない個の原罪意識に突き動かされるまま、列島の北へ南へと海沿いの旅を重ねた。一人前の日本の女へと納得できるわが身を求めながら」（森崎和江）――植民地下の朝鮮で生まれ育った著者の、戦後の生き直しの歳月。

四六上製　二九六頁　**二四〇〇円**
（二〇〇七年八月刊）
◇978-4-89434-586-7

自然と人間の新たな関係性を問う

「場所」の詩学

（環境文学とは何か）

生田省悟・村上清敏・結城正美編
G・スナイダー／高銀／森崎和江／内山節ほか

特定の「場所」においてこそ、自然―人間の関係がある――絶え間ない自然環境の危機に直面する今、自然と人間との新たな関係性を模索し、関係の織りなされてきた歴史・文化が蓄積される地点としての「場所」を再考する試み。

四六上製　三〇四頁　**二八〇〇円**
（二〇〇八年三月刊）
◇978-4-89434-619-2

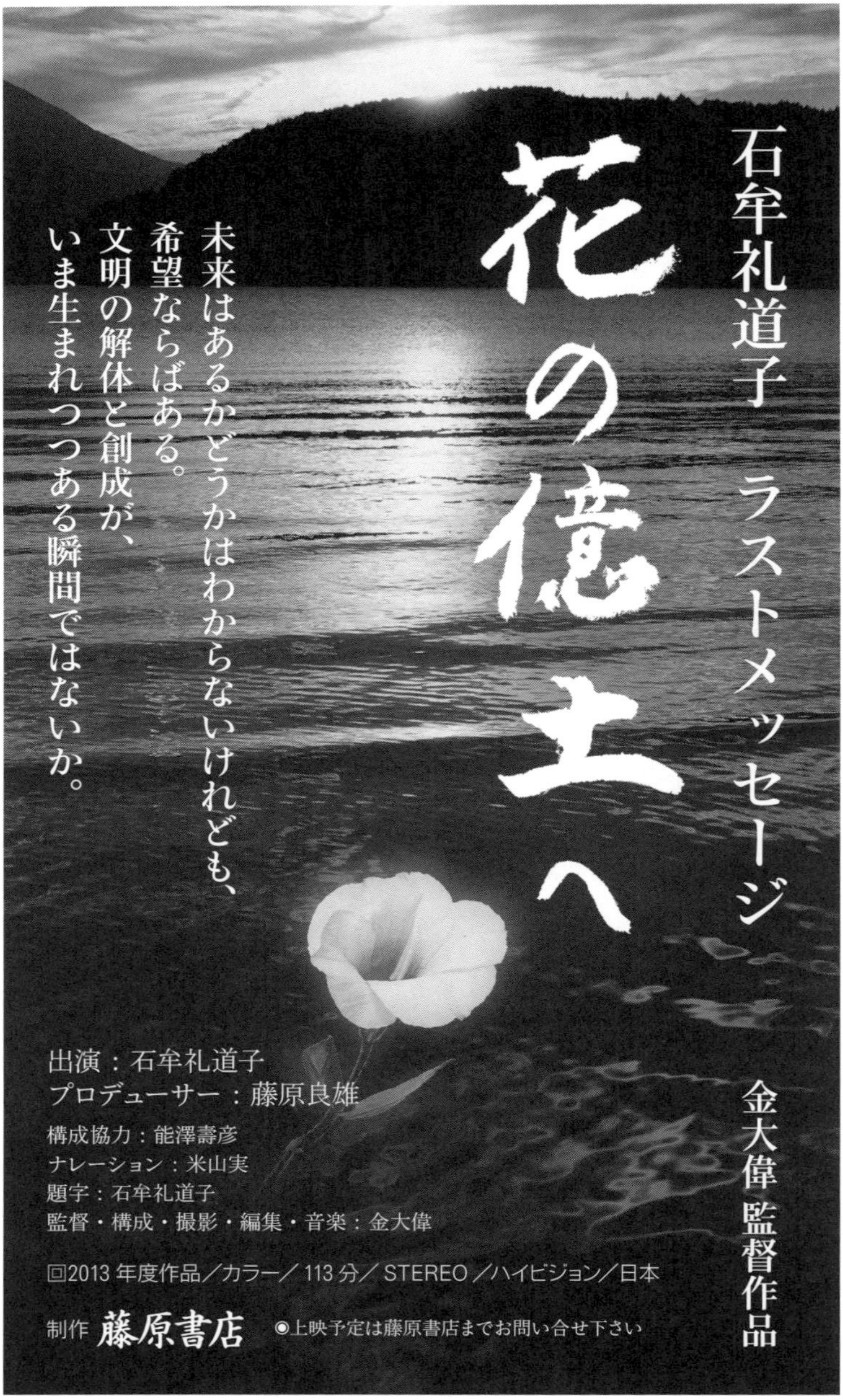
石牟礼道子 ラストメッセージ
花の億土へ
金大偉 監督作品
未来はあるかどうかはわからないけれども、
希望ならばある。
文明の解体と創成が、
いま生まれつつある瞬間ではないか。
出演：石牟礼道子
プロデューサー：藤原良雄
構成協力：能澤壽彦
ナレーション：米山実
題字：石牟礼道子
監督・構成・撮影・編集・音楽：金大偉
回2013年度作品／カラー／113分／STEREO／ハイビジョン／日本
制作 藤原書店
◉上映予定は藤原書店までお問い合せ下さい